KB124348

철인수업

"실패를 딛고 일어난 인간의 이야기"

— 가수, 션

오영환 선수는 나의 철인 3종 경기 입문을 도와준 사람인 만큼 내게 매우 흥미롭다. 그리고 나에게 흥미로운 한 철인의 이야기가 지금 시대를 사는 많은 사람에게도 공감이 될 수 있다고 생각한다.

인생은 철인 3종과 닮아있다. 파도가 밀려올 때도 있고, 펑크가 나서 멈춰야 할 때도 있다. 더는 다리가 안 움직일 것 같아도 끝까지 달려 골인 지점을 통과하는 순간도 있다.

오영환 선수는 지금까지 말 그대로 철인 3종과 같은 삶을 살아왔다. 수많은 악조건 속에서 넘어지고 다시 일어섰다.

이 책은 철인 3종 전 코스 한국 신기록을 달성한 철인 오영환 선수의 성공담 모음집이 아니다. 실패를 딛고 일어난 한 인간의 이야기다.

힘들어서 당장 주저앉고 싶은 누군가에게 오영환 선수의 이야기가 용기와 희망이 될 것이라고 믿는다. 이 책의 마지막 장을 넘긴 모든 사람이 더 이상 주저하지 않고 철인에 도전해 볼 수 있길 바란다.

"미치도록 사랑한 사람의 이야기"

- 코나커피, 코나생각 저자 김교문

미치도록 사랑하는 사람의 모습을 본 적이 있는가?

2010년도로 기억된다. "코나 아이언맨 월드 챔피언십' 경기에 한국 선수 참가자가 있었다. 그 참가자 중 9년이란 세월이 지났는데도 그때 첫인상이 아직도 강렬하게 내 눈에 들어오는 한국 선수 한 명이 바로 오영환 선수였다.

그의 눈에는 강력하게 던지는 무언의 메시지가 있었다. '나는 아이언맨 철인 3종 경기를 사랑하고 있다'는 메시지를 나에게 던지는 것 같았다. 그의 얼굴은 주먹만 하고 키는 그리 크지 않다. 좋게 말해서 아담한 사이즈다. 정직하게 말하자면 작은 편에 속한다. 하지만 그의 신체는 경주말 같다. 나는 그가 아이언맨 경기를 얼마나 사랑하는지를 그의 몸피를 통해 직감할 수 있었다.

오영환 선수는 프로의 삶을 살아오기까지 경험과 노하우 그리고 사랑의 이야기들을 이 책 한 권에 담아냈다.

인생에 한 번은 철인 3종 경기에 도전하고 싶은 사람들과 꿈의 무대 '코나 아이언맨 월드 챔피언십'에 참가하려는 사람들에게 엄청난 격려와 도전이 되리라 확신하며 기쁘게 이 책을 추천해 본다.

SWIMMING
3.8km

RUNNING
42.195km

CYCLING
180.2km

08:55:16

철인수업

We don't quit

가슴이 뛰기에 뛴다!

차례

저는 아이언맨입니다

어떻게 철인 3종을 시작하게 됐냐는 질문을 자주 받는다. 계획을 세우고 시작했다기보다는 빠져들었다는 표현이 가장 정확할 것 같다. 그만큼 나의 철인 인생은 어느 순간 미치도록 빠져들었고, 노력에 비해 운이 따르지 않는 상황에 자주 빠졌으며, 그것을 벗어나 나의 페이스를 되찾는 과정의 연속이었다. 포레스트 검프처럼 달리는 게 좋아서 계속 달렸다. 그러다 보니 나에게도 하고 싶은 작은 이야기가 생겼다. 단순하지만 진솔한 관점으로 이야기를 전하고 싶었다. '나 때는 말이야'하는 식으로 누군가의 삶에 대해 훈수 두고 싶지 않았다. '힘을 내라'는 뻔한 말도 최대한 아끼기로 했다. 수없이 '여기까지인가', '여기가 내 한계인가' 싶어서 그만두고 싶었던 때도 있었다. 나는 철인 경기에 빠져들면서 그런 감정들과 거리를 둘 수 있게 됐다.

철인 3종은 고독하고 외로운 혼자만의 싸움이라 생각하기
쉽지만 사실 그렇지 않다. 해외 시합을 하러 가면 다양한 국
적을 가진 선수들과 일 년에 몇 번이나 마주치고 안부를 묻
고 서로의 레이스를 응원한다. 철인 3종을 하면서 힘든 일이
정말 많았지만 피니시의 즐거움, 같이 뛴 사람들과 함께 웃
었던 추억, 끝나고 한껏 안아주었던 아내와 아이들, 바꿈터
에서 소리 지르며 노장의 아버지와 어머니가 응원해주는 목
소리들이 큰 울림으로 남아있다. 행복하고 좋았던 기억만이
강렬하게 느껴진다.

그러나 이것은 내 개인적 체험일 뿐, 철인 3종을 바라보는 사
회적 현실은 아직 차갑다. 때려치우라는 말. 정말 지겹게 들
었다. 아내에게 '남편 좀 뜯어말리라'고 하는 사람도 있었다.
처음에는 그런 말들을 이해하지 못했지만, 시간이 지나고 보

니 그런 편견을 가질만하다는 생각이 들었다. 그도 그럴 것이 우리나라의 철인 3종은 선수층이 희박할 뿐만 아니라 경기 자체가 아직 대중화되지 않았기 때문이다.

그래서 나도 늘 생각한다. 지금이 내 한계일지도 모른다고. 불안한 앞날이 걱정되기도 한다. 그래도 지금이 아니면, 이 나이가 아니면 안 되는 일들이 있기에 계속 달리고 싶다. 그만큼 이 시합엔 끝내 도전하게 만드는 치명적 매력이 있다.

내 이야기를 통해 많은 분이 철인 3종의 재미를 함께 누렸으면 하는 작은 바람을 담아본다.

We Don't Quit
OCTC.

1장

가슴이 뛰기에, 뛴다

출발점에서

정신적 혹은 육체적으로 항상 강해지고 싶지만, 늘 망설이다 자신과의 싸움에서 번번이 패배감을 맛보는 사람들과 이야기를 나누고 싶었다. 망설이는 당신에게 오영환과 박헌민 부부의 이야기를, 우리가 철인 3종을 통해 달려온 이야기를 전하고 싶었다. 이 글의 출발점은 이렇게 정해졌다.

철인 3종은 수영, 사이클, 마라톤을 한 번에 하는 경기다. 말만 들어도 관절에서 쇳가루가 떨어질 것 같은, 길고 혹독한 경기다. 우리들의 인생에도 그런 날이 있다. 때로는 발로 달려야 하고, 어느 날에는 자전거를 타고 달려야 한다. 쏟아지는 빗물을 그대로 맞아가며 헤엄치듯 달려나가야 하는 날도 있다. 그리고 때로는 그것들을 한 번에 치러야 하는 '인생 3종'의 순간도 있다. 하지만 우리는 뭔가를 시작도 하기 전에 겁을 집어먹고, 한 발 내딛기를 주저한다. 걷기도 전에 넘어질 것을 너무나 두려워하기 때문이다. 나도 그랬다. 그래서 중요한 것은 일단 출발점에 어떻게 설 것인가에 달려있다. 그런데 사실 출발점은 기나긴 준비가 마무리되는 도착점과 맞닿아 있다. 100m 달리기 선수가 트랙 위에 섰을 때 그 출발점은 과정의 시작이 아니라 과정의 끝이기도 하다. 우리가 살아가는 하루도 그렇다. 우리는 잠에서 깨어나 눈을 뜨고 하루를 시작한다고 생각하지만, 당신이 살아갈 오늘은 어제 이미 결정된다고 볼 수도 있다. 그래서 내일 학교에 나가는 학생들은 미리 가방을 챙긴다. 회사에 나가야 하는 평범한 직장인이라면 하루 전날 양복이나 와이셔츠, 무난한 캐주얼 옷을 준비한다.

나도 다르지 않다. 나의 출발점도 잠들기 전에 시작된다. 새벽에 옷이나 물건을 찾느라 아이들을 깨우거나 시간을 허비

하고 싶지 않아서다. 그래서 저녁 9시에 내일 입고 나갈 옷들을 가지런히 잠자리 곁에 놓아둔다. 보통 사람들과는 조금 다른 복장이다. 처음 입는 사람이라면 누구나 '민망함'을 느낄 수밖에 없는 사이클용 빕숏. 흔히 러닝셔츠로 불리지만 장거리 달리기에 특화되어있는 마라톤용 싱글렛 같은 것이다. 그것들을 바라보며 무엇이 나를 지금의 도착점까지 오게 했고, 출발점에 서게 했는가를 생각해봤다. 그것은 이런 '소소한 장비'에서 오는 것일지도 모른다.

연필 혹은 노트에 대한 애착이 글을 쓰는 계기를 만들기도 하듯, 나를 뛰게 만든 것은 이러한 운동 장비에 대한 애정에서 시작된 것일 수도 있다.

어디서부터 운동을 시작해야 할지 모르겠다면, 일단 큰 목표는 멀리 치워 두자. 사랑을 하려면 사랑하는 사람을 자주

봐야 애정이 더해지듯, 운동을 하려면 운동용품을 곁에 두고 보는 것부터 시작해야 한다. 멋진 운동화를 하나쯤 구입한 뒤 잠들기 전에 소파 위에 올려 두는 것은 어떨까. 그리고 그저 운동화가 닳아 없어지는 것을 목표로 달려보는 것이다. 운동화가 밑창이 나갈 때까지 달려본 뒤, 그것을 떠나보내야 하는 순간을 맞이할 때의 나는 분명 이전과는 다른 출발점에 서 있는 사람이 되어있을 것이다.

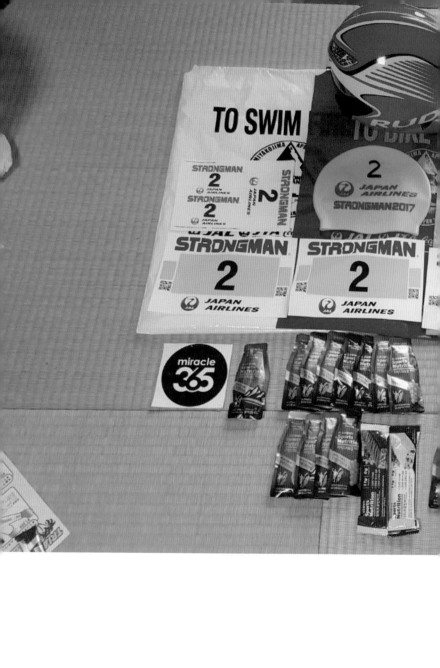

일본 철인 3종 대회 하루 전날,
다다미 바닥에 가지런히 놓아둔 물건들.
철인 3종 경기의 출발점은
여기서 시작된다.

철인의 소소한 아이템들

손톱깎이

시합 전 손톱을 잘 깎지 않으면 웻 슈트를 입으면서 슈트가 찢어지거나 긁힐 수 있다. 마찬가지로 발톱을 잘 깎지 않고 시합을 뛰면 발톱이 다칠 수 있어서 늘 신경을 쓴다.

태닝 오일과 선크림

운동을 하다 보면 피부가 쉽게 타기 마련이다. 그래서 태닝 오일은 해외 시합에 꼭 챙겨간다. 타지 않은 부분과 피부색을 맞춰주려고 태닝 을 한다. 남자에게도 자외선 차단은 필수인 만 큼 선크림도 챙겨간다.

구둣주걱

시합 때 러닝화를 쉽게 신기 위해 준비한다.

마이쮸

호텔 프런트 분들에게 드리는 선물용.
여행지에서는 생각지도 못한 곳에서 도움
을 받는 경우가 많다. 가볍고 작은 선물
로 갖고 다니는데, 부담 없고 매우 좋아
한다.

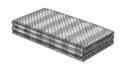

돗자리

시합을 기다리는 가족 또는 물건을 놓
아두기 위해서 갖고 간다. 가볍고 활
용도가 높아서 좋다.

노란 고무줄

사이클에 젤을 고정하거나 각종 장비 고정을 위해 내가 쓰는 소품이다.

치실

고기를 좋아하는 사람에게는 필수품이다. 해외에서 치과 문제가 생기지 않도록 조심하는 편이다.

감기약

찬 바다와 뜨거운 도로 위를 번갈아 달려야 하는 만큼 감기에도 늘 대비한다.

검은 비닐봉지

슈트를 입을 때 애용한다. 손에 뒤집어씌우고 입으면 쉽게 입을 수 있기 때문이다. 해외에서는 종이봉투만 있고, 비닐봉지가 있어도 재질이 한국과 차이가 있어서 익숙한 한국 비닐봉지를 챙겨간다.

젓가락

해외에서는 젓가락이 없는 곳도 많다. 길이도 한국, 중국, 일본이 각각 달라서 한국 젓가락을 챙겨간다.

우비

비가 오는 날씨도 생각해야 한다.

커피믹스

우리나라에선 흔하지만, 해외에서는 찾기 어려운 것들이 많다. 우리나라 커피믹스도 그중 하나로 매우 간편하고 입맛에 맞아서 챙겨간다.

지퍼락

비 오는 날 사이클을 탈 때 현금 등을 넣어놓는 용도. 일종의 방수 지갑 용도로 작은 지퍼백을 챙겨간다.

철인수업

새벽 5시. '철인 수업' 준비를 위해서 집을 나선다.

학생들의 실제 수업시간은 6시에 시작해 7시 40분에 끝난다. 1시간 40분. 요일을 정해 두고 한 주에 마라톤, 사이클, 수영을 돌아가면서 배운다. 내가 철인 수업이라는 이름을 붙이긴 했지만, 내가 선생이고 그들이 학생이라는 관점에서 진행되는 수업은 아니다. 나도 그들에게서 배우는 것이 정말 많기 때문이다. 특히 자기관리를 위해 무엇보다 소중한 '직장인의 아침잠'을 줄여가며 4시 전에 일어나서 정해진 수업시간 보다 일찍 오는 분들이 많다. 운동을 했던 사람이 있고, 전혀 하지 않았던 사람도 있다. 직업도 제각각이다. 연예인도 있다. 지누션의 '션' 선배님이다. 연예인이라는 이유로 특별 대우를 바란다거나 설렁설렁하려는 것 없이 매일 나온다.

2018 인천 미추홀 듀애슬론 대회에서

션 선배님과의 처음 인연은 트라이애슬론을 배운다며 한남동에서 소개를 받아 운동을 같이하면서 시작됐다. 이제는 연탄 봉사와 달리기 기부 등을 함께 하고 있다.

션 선배님과 기억에 남는 개인적 일화가 있다. SBS에서 방영했던 〈잘 먹고 잘 사는 법, 식사하셨어요?〉 프로그램 촬영을 위해 동행하게 됐고, 서울에서 양주까지 100km를 함께 달리게 됐다. 엄청나게 추웠던 2월 엄동설한에 벌벌 떨며 새벽 6시에 출발, 약 8시간 만에 도착했다. 꽤나 고생을 했기 때문인지 션 선배님이 '프로그램에 함께 출연하자'고 제안했다. 이처럼 철인 3종을 하면서 좋은 인연과 추억을 만들어갈 때면 감사한 마음에 울컥하기까지 한다.

철인 3종은 젊은 사람들만이 할 수 있는 경기처럼 보이지만 그렇지도 않다. 20대보다 체력은 부족할지 몰라도, 포기하지 않는 지구력과 욕심을 부리지 않는 마인드를 갖춘 30대, 40대가 좋은 기록을 많이 낸다. SBS 프로그램에 출연할 당시 션 선배님의 나이도 마흔둘이었다. 내가 수업을 담당하고 있는 사람 중에는 아이 셋을 낳은 애 엄마도 있다. 그녀는 운동량이 많은 스포츠와는 거리가 아주 멀었던 사람이었다. 하지만 점차 철인 경기에 흥미를 붙여가기 시작했고, 구례 아이언맨 챌린지를 준비하게 되었다. 그해 그녀는 모두의 우려를 뛰어넘고 훈련 시작 100일 만에 아이언맨 대회를 완주 할 수 있었다. 운동에 재미를 붙인 그녀는 그 후에도 계속 훈련을 했다. 그런데 예상치 못한 일이 생긴 건 파워테스트를 하던 날이었다. 운동을 하다가 화장실에서 구토를 했다. 알고 보니 임신이었다. 육아를 생각하면 철인 3종은 사실상 그만두는 게 아닐까 했는데, 1년 쉬고 다시 복귀했다. 애는 어떻게 하느냐고 물어보니 남편이 돌봐준다며 웃었다.

최근 철인 수업 참여자의 성비는 여성이 40% 정도다. 초창기에 수업을 시작했던 때와 비교하면 수강생들의 나이도 매우 젊어지고 있다.

수강생들이 철인 3종을 대하는 태도 역시 과거와는 다르다. 직장인이지만 점심때 피트니스에서 수영하고, 출퇴근하면서 따릉이로 연습을 할 정도로 적극적이다.

왜 이렇게까지 하는지 묻고 싶으리라. 상금이 많은가? 국내

대회를 기준으로 말하자면 상금은 아예 없다. 도리어 돈을 내고 참여한다. 그럼에도 하는 이유는 무엇인가?

첫 번째는 '레벨업' 하는 재미다. 동호인 중에는 한 종목씩 레벨을 올리고, 석권을 하는 것에 목표를 두는 분들이 많다. 해외 대회에 나가고 슬롯(참가권)을 따서 월드 챔피언십에 나가기도 한다.

둘째는 완주했을 때의 쾌감과 환호를 잊을 수 없어서다. 기록에 상관없이 하는 것이다. 그래서 철인 3종 경기에서는 갤러리가 선수가 되고, 선수가 갤러리가 되기도 한다.

결과 지향적이든, 과정 지향적이든 간에 나와 함께 아침을 여는 동호인분들은 절반 정도가 입상 경력이 있다. 거의 아무것도 모르는 상태에서 시작해 아이언맨 코스를 완주하고 입상까지 하게 된 것이다. 나는 그분들을 보면서 감동을 넘어 어떤 희열 같은 것을 느낀다.

사람들은 철인 3종을 하려면 신체적으로 타고나거나 시간을 투자할 만큼의 조건이 갖춰져야 한다고 생각한다. 물론 나와 함께 성장한 이들은 대부분 그렇지 않았다. 운동을 하려면 운동을 하는 사람들과 함께해야 한다. 나도 마찬가지다. 나는 나를 응원하는 아내와 철인들과 함께 뛸 때마다 살아 있음을 느끼고, 하루하루를 살아가는 것의 의미를 발견한다. 그 힘이 지금의 나를 만들었다고 생각한다.

어쩌다보니, 철인

나는 처음부터 철인 3종 선수를 목표로 했던 사람은 아니었다. 체육대학 재학 시절 내 목표는 스노보드 프로 선수가 되는 것이었다. 스노보드는 경기의 특성상 겨울에 열리기 때문에 다른 계절에는 남는 시간이 많았다. 이 시간에 무엇을 할 것인가를 고민하다 보니 운동으로 체력을 길러야겠다고 생각했다. 그래서 22살, 군 제대를 앞두고 할머니 댁에 내려갔을 때 마침 부산 동백섬에서 아쿠아슬론(수영과 달리기 2종목으로 이루어진 철인 경기)이 열린다는 것을 우연히 잡지에서 보게 되고, 대회 규정조차 제대로 모른 채 참가 신청을 했다. 이렇게 재미 삼아 동생과 함께 철인 경기에 나간 것이 내 트라이애슬론 인생의 시작이었다.

당시 나는 스킨스쿠버용 슈트를 입고 갔는데 규정상 금지라는 것을 나중에 알았을 정도로 무지했다. 어쩔 수 없이 삼각

수영복만 입고 수영을 해야 했다. 파도가 심해 처음부터 물을 엄청나게 먹었다. 배영도 시도해 보고 레인을 잡으면서 정말 살기 위해 1.5km 수영코스를 돌았다. 얼마나 헤엄쳤을까. 뒤를 돌아보니 단 한 명이 남아있었다. 결말부터 말하자면 마지막에서 2번째로 들어왔다. 반면 현대무용을 전공한 동생은 단거리 코스에서 2등을 했다.

어쨌든 포기하고 싶지는 않았다. 나머지 10km 러닝 코스를 아름다운 동백섬을 돌면서 뛰니 '어 이거 재밌는데?'라는 생각이 들었다. 전공으로 운동을 하는 사람이라면 운동이라면 무조건 이기고 싶어 하는 승부욕과 등수욕(등수에서 지기 싫은 욕구)이 튀어나오기 마련인데 말이다.

그 후 나는 다시 스노보드에 열중했다. 그러면서도 스노보드와는 상관없는 수상 인명 구조원 자격증을 취득하기도 했다.

이 역시 특별한 이유가 있어서는 아니었다. 체대를 나와서 취직을 한다는 것은 열에 아홉은 강사인 만큼 대학에서 이런 저런 취직용 자격증을 따게 했기 때문이었다. 그리고 나는 무주에서 내 운명을 결정짓게 될 마지막 스노보드 대회에 참가했다.

이 무렵의 사진을 들여다보면 항상 나는 부상에 시달렸고, 때문에 늘 손에 깁스를 한 상태였다. 무주에서 열렸던 대회에서도 왼손에 깁스를 한 채로 슬로프 위에 올랐다. 나는 이 대회에서 운명이 바뀌는 결정적 실수를 했다.

약간의 설명을 하자면 스키 경기에서는 빨간색과 파란색 깃대가 놓여있고, 이를 게이트라고 부르는데 그 사이를 통과해야만 한다. 하지만 나는 마지막 게이트를 통과하지 못했다. 결과는 대회 실격이었다. 하필 마지막 게이트였기에 재도전

한다고 해도 가망이 없었다. 그곳을 지났다면 입상은 아니지만, 포인트가 쌓였을 것이고 프로가 되었을 것이다. 하지만 2005년 노스페이스 배 스노보드 대회 실격, 그것이 내 인생의 마지막 스노보드 대회가 됐다. 그때 나는 내가 할 수 있는 노력을 다했다고 생각했지만, 결과는 너무나 보잘것없었다. 아무 의욕도 생기지 않았다. 이렇게 몸을 혹사했음에도 내가 얻은 것이 무엇일까 생각해보니 더욱 참담하기만 했다. 지금 돌이켜보면 인생을 걸고 도전했으나 실패했다는 사실을 인정하고 싶지 않았던 것 같다. 노력을 거듭하면 뭔가 될 것이라고 막연히 생각했고, 근성으로 버티면 결과가 생길 것이라 믿은 것이리라. 그때의 나는 몰랐다. 삶이라는 긴 과정에서 때로는 용기를 내어 과감히 포기할 때 비로소 얻게 되는 것이 있다는 사실을 말이다.

손이 없으면 두발로

나는 무주에서 돌아온 뒤 스노보드에서 손을 뗐다. 그날 서울로 올라오는 버스에서 많은 생각을 했다. 내 삶의 가장 큰 목표는 프로 스노보드 선수가 되는 것이었고 여기에 나의 거의 모든 것을 걸고 있었다. 그렇게 열심히 했는데, 이렇게 해도 안 되는 건가 싶었다.

3년간 해외 전지훈련, 10번 넘는 국내대회 참가. 결과는 '양팔에 심한 상처를 입은 실업자'였다. 앞날이 보이지 않는 상황이었다. 지금도 차가운 수영장에 들어가면 손가락에 감각이 없고 자꾸 벌어진다. 팔굽혀펴기 동작도 하지 못한다.

프로가 되는 것에 실패하고 손까지 부러진 직후 졸업을 했으니 내가 할 수 있는 것은 당장 아무것도 없었다. 함께 대회를 준비하던 후배들은 프로가 됐다. 후배들에게 축하한다고도 못했다. 바닥을 기는 자존심과 무기력함에 아무것도 하

스노보드 선수 시절 사진이다.
나는 늘 부상에 시달렸고, 심지어 사진 속에도
왼손에 녹색 깁스를 하고 있다.

지 못했다. 누구와도 연락을 안 했다. 강원도에서 펜션을 운영하시는 부모님 일을 도우며 허드렛일을 했다. 저녁에는 술을 마시며 시간을 보냈다. 그렇게 폐인 생활에 젖어 들다 보니 살은 살대로 쪘다. 운동을 다시 시작해야겠다는 생각으로 자전거를 탔다. 팔을 고정한 상태에서 할 수 있는 운동이 자전거밖에 없었기에 자전거를 탄 것이다. 조금씩 살이 빠지고 몸이 회복되는 것이 느껴졌다. 나중에는 깁스를 풀고 달리기와 수영도 조금씩 할 수 있게 됐다. 무너졌던 삶의 균형도 조금씩 잡혀갔다.

스노보드를 다시 만지게 된 것은 4년 후인 2011년이었다. 친구가 가르쳐달라고 부탁해서 스키장에 같이 갔는데, 넘어져서 갈비뼈가 부러지고 말았다. 이후 다시는 스노보드나 스키장에 발도 들이지 않게 됐다.

처음부터 철인 3종 선수가 되겠다고
생각했던 건 아니었다.
이렇게 지내면 안 되겠다 싶었다.
펜션 근처 북한강 강변을 자전거로
새벽 한 시간씩 달렸다.

스노보드는 어째서 나와 맞지 않았을까. 스노보드는 순간의 실수가 그대로 끝으로 이어진다. 그러나 철인 3종은 순발력 싸움이 아니었다. 지구력이 중요한 스포츠였다. 끝날 때까지 끝난 게 아니었다. 0.1초의 싸움이 아니라 내가 포기하면 끝나는 싸움이었다. 뒤늦게 생각해보니 나는 스노보드에 나를 맞추려 했다. 정작 내가 나를 잘 몰랐다는 걸 깨달았다.

메달을 목에 걸었을 때 느꼈다.
어딘가에는 내가 잘 할 수 있는 일이 있다.
단, 그걸 찾으려면 끝까지 달려봐야 한다.
극한의 상황에 나를 던졌을 때
내가 어떤 사람인지를 알게 되기 때문이다.

후원 없이 버텨온 시간

삶은 원하는 방향대로 흘러가지 않는다. 그래서 누군가는 절망하지만, 다른 누군가는 이를 받아들이고 그 안에서 재미를 찾는다.

스노보드 프로 선수 도전이 실패한 뒤, 고향 집으로 내려온 나는 사이클에 재미를 붙였다. 재미가 붙다 보니 더 잘하고 싶었다. 다른 사람들은 어떻게 사이클을 탈까? 이곳저곳을 수소문한 끝에 '헬로 트라이'라는 클럽을 찾아갔다. 철인 3종 엘리트 선수들이 훈련하는 클럽이었다.

당시 나는 선수를 목표로 한 건 아니었다. 사이클, 수영은 가장 취약했고, 시도 대표 선수들과는 비교하기 힘든 수준이었다. 그때 내게 철인 3종 엘리트 선수들은 새로 생긴 내 취미를 좀 더 오래 즐기기 위한 약간의 자극제 같은 것이었다. 누군가를 이겨야 하고, 따라잡아야 한다는 부담감은 이제 내

버려 두고 편하게 시작했다.

물론 처음부터 쉬웠던 건 아니다. 훈련 과정을 아예 따라가지 못했다. 사이클도 앞 선수들을 못 쫓아갈 정도였기에 초등학생들과 같이했다. 1년의 훈련 기간 동안 쭉 그랬다.

하지만 열등감을 느끼기보다는 좋아하는 것을 더 좋아하기 위해 노력했다. 2006년 중국 전지훈련 참가 후에는 실력이 더 나아졌다. 이후 몇몇 대회에서 우승도 했다. 우승상금이라고 해봐야 당시 돈으로 몇십만 원밖에 되지 않았다. 내가 즐길 수 있었기에 마냥 좋았다. 후원은 없어도 후회는 하지 않고 싶었다.

철인 3종은 순간의 실수가 모든 것을 결정하지 않는다. 운영과 꾸준함으로 위기를 극복할 수 있다. 그 점이 가장 마음에 들었다. 나는 그제서야 깨달았다.

왜 나는 지금껏 나를 행복하게 만드는

운동을 '찾으려' 하지 않았을까?

'나의 운동'을 이제서야 '찾았다'는 기분이 들었다.

내가 원해서 운동을 하는 만큼

크든 작든 성과가 나왔고,

그 원동력으로 운동을 계속할 수 있었다.

요즘 말로 일과 삶의 밸런스를 가리켜

워라벨(work & life blance)이라고 하듯,

나는 '해야 하는 일(To do)'과

'하고 싶은 일(Want to do)'의 밸런스를

여기서 찾을 수 있겠다는 생각이 들었다.

철인 3종의 핵심은 밸런스다.

세 가지 운동의 밸런스를 맞춰야 한다.

한 종목에서 오버페이스 해버린다면

완주하지 못할 가능성이 커진다.

경기에 우승하는 방법을 배우기 전에

나의 밸런스를 잃지 않는

방법을 찾아야 한다.

운동에서 재미를 찾으려면

아직 철인 3종에 대해 많은 사람들이 편견을 가지고 있다. 아무나 할 수 없는, 매우 하드코어 한 운동이라고 말이다. 무엇보다도 세 가지 운동을 동시에 한다는 것이 어려워 보이기 때문일 것이다. 하지만 한 가지 운동을 해도 어려운 건 마찬가지고, 쉽게 포기하게 되는 것도 달라지지 않는다. 운동을 지속적으로 하기 위해서는 구체적인 목표를 정하는 것이 가장 중요하다.

앞서 이야기했듯 스무 살 무렵 나의 목표는 스노보드 프로 선수였다. 그래서 체력훈련 겸 재미 삼아 철인 3종에 참여하기 시작한 것이 눈덩이가 굴러가듯 지금까지 이어졌다. 철인 3종 선수로서 내 삶의 과정들을 돌이켜 생각해보면, 나에게 가장 중요했던 것은 '재미'였다. 그런데 많은 사람들은 '어떻게 하면 재미있게 운동을 할까'를 생각하기보다는 '다이어트'

라는 목적에 매달려 운동을 한다는 것이다. 살을 뺀다는 건 아무리 해도 그 자체만으로는 재미있는 일이 되기 어렵다. 미묘한 차이지만, '다이어트를 위해 운동을 한다'는 것보다는 '운동을 하다 보니 다이어트가 되는 것'이 더 좋다. 이런 사소한 차이가 많은 결과를 바꿔놓는다. 거창한 목표에 매몰되기보다 자연스럽게 우리들의 일상에 운동이 스며들게 만드는 것이 좋다. 소소하고, 순수한 재미에 목표를 두었으면 한다. 철인 3종도 마찬가지다. 모든 사람이 '1등'을 목표로 할 필요는 없다. 철인 3종 대회 역시 1등이 아닌, 포기하지 않고 '완주'하는 것에 큰 의미를 둔다.

철인 3종을 통해

'포기하지 않는 삶'을 배울 수 있고

실제 자신의 삶에서도

'완주하는 삶'을 실천할 수 있다면

그것만으로도 충분하다.

1등은 아무나 누릴 수 있는

재미가 아니지만,

완주의 재미는

모두에게 열려있다.

We
Don't OCTC
Quit

2장
아내와 함께, 뛴다

철인 3종이 맺어준 인연

2000년대 무렵 지방자치 활성화를 위한 방안으로 지자체들이 축제나 행사들을 열기 시작했다. 철인 3종도 이 흐름을 타고 점차 대회가 늘어났고, 자연스레 공공기관에서 강사들을 찾는 일도 늘어나기 시작했다. 나는 2008년 무렵 서울시 체육회에서 철인 3종 전담 코치가 되어 3년 정도 초·중학생, 어머니 등을 가르칠 수 있게 됐다.

틈틈이 대회 상금도 받으면서 어느 정도 생활이 가능해졌다. 물론 당시 대회 1등 상금은 30만 원 수준이라(지금 국내대회는 아예 상금이 없어져 버렸다.) 철인 3종만을 하면서 사는 것은 그때나 지금이나 쉽지 않은 일이다. 하지만 늘 기회와 변화는 생각지 못한 인연과 함께 찾아온다.

2011년 1월, 대전 시청 선수들과 합동 훈련을 하러 지방으로 내려갈 일이 생겼다. 그리고 그곳에서 예상치 못한 인연과 마주하게 됐다. 대전으로 내려갔던 나는 무릎에 무리가 있어서 검진을 받으러 병원을 찾았다. 그곳에서 대전 시청 선수들의 물리치료를 담당하고 있던 지금의 아내를 만난 것이다.

물리치료를 받으며 이런저런 이야기를 주고받았다. 스포츠 선수들 치료해보는 것을 연습해 보기 위해 무료로 기꺼이 의무지원을 해주겠다는 그녀에게 나는 서울에 올라가면 가이드를 해주겠다고 제안했다. 예정대로 나는 서울 마라톤 대회에 참가했고, 그녀는 의무지원을 위해 서울로 올라왔다. 그것이 계기가 되어 자주 만나다 보니 정이 들기 시작했다.

나는 그녀에게 철인 3종 경기가 어떤 것인지 제대로 보여주고 싶었다. 그래서 생각한 장소는 2011년 코나 월드 챔피언십이 열리는 '하와이'였다. 하지만 내가 생각해도 문제가 있었다. 웬만큼 친밀해져도 남녀가 하와이를 함께 간다는 게 그리 쉬운 결정이겠는가. 간절히 부탁한 끝에, 그녀의 허락을 받아낼 수 있었다. 그녀의 언니와 함께 가는 조건으로 말이다.

미야코지마 바닷가에서의 언약식

2011년 코나 월드 챔피언십에 함께 다녀온 뒤 11월 무렵에 아내의 임신 사실을 알게 됐다. 서로 집안에서 반대가 심했다. 돌이켜보면 어르신들의 입장에서 이해가 가지 않는 것도 아니었다. 돈벌이나 직장이 분명하지도 않고, 내가 하는 운동도 '그걸로 먹고 살 수 있냐'는 판에 박힌 소리가 나올만했기 때문이었다. 그런 남자에게 딸을 보내는 것을 환영할 부모가 어디 있겠는가. 하지만 어쩌겠는가. 내가 그녀를 사랑하는 것은 분명했고, 그녀도 나를 굳게 믿어주고 있었다. 곧 태어날 배 속의 아이도 있었기에 더욱 포기할 수 없었다.

다음 해, 나는 2012년 미야코지마 스트롱맨 대회에 참가했다. 물론 아내와 함께 갔다. 평소와 달리 이때는 운동복이 아닌 특별한 옷을 준비했다. 아내는 드레스, 나는 양복. 우리 두 사람은 바닷가 모래사장에서 반지를 교환했다. 양가 부모님들도 없이 진행한 우리만의 언약식이었다. 동료 선수들이 하객으로 축하를 해준 자리에서 서로 편지를 주고받고 엄청나게 울었다. 그리고 나는 이 경기에서 4위로 입상을 할 수 있었다. 이 소식을 전하기 위해 용기를 내어 장인어른에게도 연락했다. 이후 양가 부모님을 모시고 결혼식을 할 수 있었던 것은 3년이 지나서였다. 우리 집에서의 반대도 무척 심해서 임신한 아내의 마음고생이 정말 심했다. 돌이켜보면 미안함과 잘 버텨준 고마움이 사랑에 대한 촉진제 역할을 한 것 같다. 평생을 걸고 사랑하고 지켜줄 여자라고 다짐했다.

리본처자의 이야기 1

나는 리본처자입니다

결혼하기 전, 연애할 때 남편이 꼭 하와이에 같이 가야 한다고 엄청 고집을 부렸습니다. 집에서는 결혼도 안 했는데 어딜 가냐고 반대를 심하게 했지요. 남자친구가 하와이에서 열린다는 '그 대회'를 왜 그렇게 보여주려고 하는지 저도 이해를 못 했어요. 그게 대체 뭐길래. 결국, 쌍둥이 언니가 하와이에 같이 가는 조건을 걸고 허락을 받았지요.

처음 가는 하와이였기에 조금 설레기는 했으나, 그가 말했던 하와이에서 열리는 '그 시합'에 대해서는 아는 것이 하나도 없었습니다.

도착해서 실제로 본 하와이는 그간의 마음고생 따위는 날려버릴 만큼 정말 아름다웠습니다. 그리고 아이언맨 엑스포의 어마어마한 규모를 보고 다시 한번 놀랐어요. '이곳에 오기를 정말 잘했어'라는 생각이 들었죠.

새벽부터 나온 갤러리들은 뙤약볕 아래서 온종일 선수들을 기다렸습니다. 사이클 주로에서는 도로에 분필로 본인이 응원하는 가족이나 친구의 이름을 크게 썼습니다.

지나가는 선수가 누군지 몰라도 배번*을 보고 이름을 부르며 응원해주었습니다. 선수도 손을 흔들며 답례를 해주더군요.

이런 큰 행사에 '남자친구'가 뛰고 있다니. 그는 지금 어느 곳을 지나고 있을까? 헬기가 뜨고 '곧 남자 1위가 들어온다'고 아나운서가 방송을 했습니다. 1등을 시작으로 많은 사람들이 피니시 문을 지나기 시작했고 '내 남자친구'도 레이스를 완주했습니다. 남편은 나를 꼭 안아주었습니다. 같이 뛴 것

● 철인 3종 경기에 참가하는 모든 선수는 본인의 번호를 받는데 이를 배번이라고 한다. 시합에 참여하는 모든 선수들은 배번을 잘 알아볼 수 있게 팔, 다리, 헬멧, 허리에 달고 뛰어야 한다.

처럼 가슴이 벅찼어요.

숙소로 들어가서 씻고 짐들을 정리하니, 나도 레이스를 뛴 것처럼 너무 힘들더군요. 이렇게 경기가 끝났구나, 약간의 허탈감도 느껴졌습니다. 그때 남자친구가 '다시 주로로 나가야 한다'고 했습니다. 경기는 이미 끝난 게 아니었나? 아니었습니다. 밤 12시, 시합이 끝나는 시간이 다가오자 하와이 시합장 주변 길이 수많은 인파로 가득 차더군요. 사람들은 주로를 만들기 위해 세워놓은 펜스를 손으로 치면서 소리를 질렀습니다. 마지막 주자를 기다리는 것이었죠. 마지막 주자들은 나이가 많거나 상처를 입은 분이었습니다.

그들은 마지막에 들어왔지만, 꼴찌가 아니라 끝내 포기하지 않고 자신만의 레이스를 펼친 사람들이었습니다. 선수들이 마침내 피니시 라인을 통과하는 모습에서 정말 눈물이 났습니다. 그때였습니다. 새벽부터 종일 마이크를 잡고 소리를 지른 '철인 아나운서'가 마지막 주자를 향해 다시 소리를 질렀습니다.

"You are an IRONMAN!"

순간 폭죽이 터지면서 흥겨운 음악이 쏟아져 나왔습니다. 하와이 원주민들이 준비한 무대에서 미국 국가가 울려 퍼지며 엄청났던 레이스는 그렇게 끝이 났죠. 그때 그 시합을 보지 않았다면, 이렇게 열정적으로 시합에 참여하는 선수와 갤러리들을 보지 못했더라면 어땠을까요? 저 역시 남편에게 생업에 집중하라며, 운동을 그만두게 했을지도 모릅니다.

누군가는 제게 '남편을 내조하는 게 너무 힘들지 않으냐'는 이야기를 하기도 합니다. 하지만 내가 편해지자고 나의 철인에게 그만 뛰라고 하고 싶지는 않습니다.

철인 경기에선 주자도 갤러리도 모두 함께 경기를 치르는 것입니다. 선수로 인생을 살아가는 누군가가 있으면, 선수를 응원하는 인생도 충분한 가치가 있는 게 아닐까요. 저는 응원하는 삶을 살고 있어 행복한 리본처자*, 박헌민입니다.

───────────

● 리본을 좋아하는 저에게 남편이 붙여준 애칭입니다.

알면 알수록 재미있는 철인 이야기 1

◇◇◇◇◇◇◇◇◇◇◇◇◇◇◇◇◇◇◇◇◇◇◇◇◇◇◇◇◇◇◇◇◇◇◇◇◇

철인 3종 경기에서는 아나운서도 철인이다.

하와이 코나 경기를 비롯해 유명한 해외 아이언맨 챔피언십 대회에서 "You are an IRONMAN!"이라고 외치는 아나운서는 누구일까? 아마도 이 목소리는 높은 확률로 '아이언맨의 목소리'로 알려진 마이크 라일리(Mike Reilly)일 것이다. 그는 180건 이상의 아이언맨 경주에서 아나운서 역할을 수행해오며 3만 5천 명이 넘는 완주자들이 그를 통해 "당신은 아이언맨입니다!"라는 호칭을 들었다. 여전히 현역 아나운서로 활동하고 있으며, 자정까지 진행되는 장시간의 레이스에서 모든 완주자와 마지막 완주자에게 일일이 아이언맨 호칭을 붙여주는 그 역시도 철인이다.

QR코드를 스캔해서 마이크 라일리 아나운서가
2천 322명의 경기참여자 중 완주자 모두에게
'You are an IRONMAN!'이라고 불러주는
소리를 직접 들어보세요.

2006년 하와이 카일루아 코나 챔피언십 대회에서
37세의 나이로 우승한 최초의 호주 여성 미셸리 존스(오른쪽)를
축하해주고 있는 마이크 라일리(왼쪽) 아나운서

자전거를 팔아서 마련한 신혼집

아내가 임신을 하면서 나에겐 무엇보다 안정적으로 돈을 벌수 있는 직장이 필요했다. 나는 여전히 철인 3종 경기를 너무나 사랑하고 있었기에 운동을 포기할 수는 없었다. 다행히 할리데이비슨 한국 지사 대표님이 먼저 손을 내밀어 도와주셨는데, 알고 보니 그분은 당시 서울 왓츠 사이클링이라는 별도의 사업을 운영하면서 대전의 철인 3종 경기 선수들을 후원하고 있었다. 운동선수들이 두각을 나타내면 스폰서가 생기듯 나도 철인 3종에서 꾸준히 성적을 내고 계속해서 뛰다 보니 그분의 눈에 띄게 된 것이다.

나는 대표님의 제안으로 자전거 샵에서 근무할 수 있게 됐다. 게다가 오전에는 샵에서 근무하고 오후에는 운동을 할수 있게 허락해 주었고 장비도 지원해 준 덕분에 계속 철인 3종 경기에 참여할 수 있게 됐다.

하지만 모아둔 돈은 거의 없었기에 가지고 있던 자전거를 팔고 은행 대출을 받아 약수동 언덕의 작은방 한 칸에서 겨우 신혼살림을 시작할 수 있었다. 그렇게 몇 년이 훌쩍 지났을 무렵 장모님과 장인어른이 처음으로 집을 찾아오셨다. 결혼식도 올리지 않고 언덕길 원룸에서 사는 딸을 보기 안쓰러워서, 속상한 마음을 드러낼까 봐 그동안 아예 찾아오시지 않았던 게 아닌가 싶다.

얼마 전 약수동 근처를 지나가며 신혼집이었던 그 집을 바라봤다. 지금은 어렵지만, 앞으로는 더 나아질 수 있을 것이라는 희망을 믿어 준 아내. 시합 전 스트레스로 짜증 부릴 때도 그만두라는 소리 한번 없이 '당신 원하는 만큼 하고 싶은 대로 하고 살라'고 말해준 당신. 당신이 내 곁에 있었기에 힘든 시기를 버틸 수 있었고, 지금의 모든 것이 가능했다.

약수동 신혼집은 여전히 언덕 위에 그대로 남아있었다.

철인이지만 철판은 아니야

대회에 참가하기 전에 아내에게 '미안하다'고 했다. 참가비를 결제해야 했기 때문이다. 내가 철인을 자처하고 있다지만, 얼굴마저 철판인 건 아니다.

"남편이 좋아하는 걸 하는데 보는 내가 더 행복하지."

아내의 말에 울컥했다. 운동한다고 고생시키는 거로도 부족해 돈까지 쓰고 있으니 이런 못난 남편이 또 어디 있을까.

"시합 다음 날 슬리퍼가 안 들어갈 정도로 퉁퉁 부은 발을 보고 있으면 이 힘든 걸 하는 당신이 더 안쓰럽지."

아내의 이런 이야기를 듣고 있다 보면, 아내에게 내가 할 수 있는 최선을 다하는 모습을 보여주고 싶다.

"할 수 있을 때 더 열심히 해봐."

나에게는 이렇게 응원해주는 아내가 있다. 당신이야말로 진정한 아이언맨이라고 말해주고 싶다.

열정이란 내가 내 마음에 불을 지피는 것이지만, 본격적으로 타올라야 할 때 불씨를 바람에 날려버리면 여간해서는 다시 살리기가 어렵다. 원하든 원하지 않든 간에 우리 마음속의 불은 자신의 육체가 살아 있는 동안에만 타오를 수 있으며 나이가 들면 서서히 사그라지기 마련이다.

많은 사람들이 사그라지는 꿈이 안타까워서 뒤늦게 이런저런 취미를 가져보기도 하지만, 예전만큼의 열정은 타오르지 않기 마련이고 어느 하나도 제대로 즐기지 못한다. 그러다 보면 정체 모를 불안감이 몰려오고 이를 해소해야겠다는 생각으로 더욱더 일에 매달리고 돈을 버는 일에만 집중하려 하기도 한다. 행복한 삶을 만들기 위한 노력을 하기보다는 다가올 노후에 대한 두려움과 불안감을 제거하려다가 결국 자신의 젊음을 내던져버린다.

그래서 우리는 퇴직 연금과

노후 보험에 목을 맨다.

건물주가 되고자 한다.

하지만 노후는 무조건

돈만으로 충족되는 것은 아니다.

열정이 가슴에 있을 때

불을 지핀 사람만이

마음의 추위를 막아줄 숯과

남은 삶을 그릴 수 있는 목탄을

얻게 되는 법이라고,

나는 그렇게 생각한다.

리본처자의 이야기 2

자기 삶에 대한 헌신 VS 가족을 위한 희생

남편에게 직장 제안이 없었던 건 아니었습니다. 강사직 제안이 많이 있었습니다. 하지만 남편은 그것들을 모두 거절해왔습니다. 본인이 하고 싶어 하는 일이 있었고, 저도 그것에 대해 반대하지 않았습니다. 날 위해, 가족을 위해 당신이 하고 싶지 않은 일을 하라고 강요하고 싶지 않았기 때문입니다. 자기 삶에 대한 헌신과 가족을 위한 희생. 어느 것이 더 중요하다 말하고 싶지는 않습니다. 최대한 자기 삶에 헌신할 수 있도록 페이스 메이커처럼 도우며, 가족이란 이유로 발목을 잡는 일은 최소화하는 삶은 과연 가능할까요. 어렵지만, 분명 가능하다는 것이 제 생각입니다.

2017. 07. 15 미야코지마 해피레이스

아이언맨은 정말 변태일까?

아내는 우스갯소리로 "아이언맨이야말로 변태 중의 변태"라고 한다. 장시간의 고통을 즐기는 어마무시한 사람들이라고 말이다. 이는 과거 아이언맨 경력을 가진 사람들도 공감하는 것이다.

아이언맨 30주년 기념행사에서 1회 우승자부터 인터뷰를 진행한 적이 있었다. 행사 사회자가 "다시 아이언맨을 하고 싶으신가요?"라고 전 우승자에게 물어봤다. 그는 웃으면서도 단호한 어조로 이렇게 대답했다.

"Am I crazy? (내가 미쳤소?)"

그의 말처럼 그는 지금은 미친 사람이 아니지만, 한때 미쳤던 사람이었기에, 아이언맨 우승을 할 수 있었을 것이다. 그리고 세상에는 이런 미친 사람을 응원하는 또 다른 의미의 변태 같은 사람들이 있다.

42.195km를 달려본 사람이라면 32km부터 몸에서 느껴지는 한계를 잘 알고 있으리라. 페이스를 잘 맞춰 왔다고 해도 이 시점이 되면 신체적으로 완전히 방전된 느낌이 든다. 하지만 응원해주는 사람들이 보인다면 이야기가 달라진다. 사람들이 피니시 라인에서 카운트다운을 외치고 있으면 나도 모르게 온몸의 마지막 힘까지 쥐어짜서 달리게 되는 마법 같은 일이 벌어진다.

이런 감동은 혼자 만들 수 없다. '운동 변태'와 '응원 변태'가 만나 만들어내는, 애벌레가 나비로 변태하는 그런 기적이라고 하면 좋을까. 직접 뛰는 게 힘들다면, 대회 구경을 해보고 응원을 해보는 것도 좋은 경험이 될 것이다. 어느 쪽이든 단위로 계량할 수 없는 감동을 느낄 수 있다고 확신한다.

극한의 고통과 희열은 맞붙어 있다

아내의 말처럼 아이언맨은 변태 같은 사람들일지도 모른다. 독일 프랑크푸르트 대회에서 경기를 했던 적이 있다. 엄청나게 추운 날이었는데도 프로 선수들은 웻슈트(검은색 고무로 되어 있는 긴 팔·긴바지 수영용 슈트)를 못 입게 했다. 얼음 같은 찬물 수영을 마치고 나와 몸을 움직이지 않으면 그대로 얼어 죽을 것 같았다. 프로 선수들 40명 중 10명이나 시합을 포기했다.

온몸의 근육이 벌벌 떨렸지만 그래도 자전거에 올랐다. 몇몇은 자전거를 타면서 장작처럼 몸이 굳어 쓰러졌다. 게다가 수영 후 이어진 사이클 코스는, 하늘을 찌르는 커다란 나무들이 우거진 숲길을 따라 이어져 있었다. 햇빛이 거의 들지 않아 갈수록 냉동실 같은 40km 코스를 기계처럼 페달을 밟아야 했다. 가끔 나무 사이로 햇빛이 들 때는 조금 살 것 같다는 생각이 들었지만 갈수록 태산이었다. 달리기를 할 땐 비까지 내리기 시작했다. 미쳐버릴 노릇이었지만 포기할 수는 없었다. 아주 완전히 미쳐 보자고 생각했다. 달릴수록 숨이 턱까지 차오르며 온몸을 굵은 로프로 동여 묶는 느낌이 들었다. 그래도 발은 쉬지 않고 페달을 밟고 있으니 다행이었다. 그런데 어느 순간 이 느낌이 쾌감으로 바뀌는 것을 느꼈다. 철인은 수영과 사이클을 끝내고 마라톤에서 순위를 결정짓는 경우가 많다. 그래서 앞서 끝낸 운동이 주는 데미지를 안고 시작을 해야 한다. 그만큼 몸이 힘들기에 오로지 심장 소리와 호흡에만 집중하게 된다. 달리기에도 박자가 생기고 리듬을 느끼면서 점점 내 몸이 그 자체로 살아 있는 악기가 되는 체험을 하게 된다. 지휘자에게 성공적인 지휘와 러너에게 성공적인 달리기가 가져다주는 쾌감은 사실 비슷한 것일지도 모른다. 어쨌든 나는 음악에 빠진 지휘자가 온몸으로 연주를 하는 것처럼 미친 듯 달려 독일 대회에서 처음으로 3시간 언더 기록을 세웠다. 비가 오면 체온이 낮아지기 때문에 오히려 기록이 올라갔던 것이다. 나는 독일 경기에서 한 가지 사실을 깨달을 수 있었다. 극한의 고통은 희열과 맞붙어 있다. 극한의 위기는 기회와 맞붙어 있다. 고통과 위기 없이는, 희열도 기회도 없다.

엘리트 선수를 포기하고 얻은 자유

만화 보노보노에는 이런 이야기가 나온다. 보노보노의 아빠는 독특한 방식으로 친구를 사귄다. 길을 걷다가 어느 순간 갑자기 뛴다. 뛰다 보면 호기심을 느낀 다른 동물이 뒤따라 달린다. 그러면 그와 친구가 되는 것이다. 어쩌면 나의 인생도 이와 다르지 않았던 것 같다.

철인 3종이 마냥 좋아 달렸을 뿐이었지만, 그런 나를 좋게 본 사람들이 있었다. 나는 그분들의 도움으로 인천시 체육회와 계약을 할 수 있었다. 월급을 받으며 운동을 하는 엘리트 선수가 된 것이다. 약간의 설명을 하자면 엘리트 선수는 매달 일정한 월급을 받고, 프로는 상금을 위주로 받으며 활동한다는 차이가 있다.

하지만 이 행운은 불과 1년 밖에 가지 못했다. 나를 포함한 여러 선수들이 경기에 나가지 못하게 되는 문제가 생겼다.

엘리트 선수로서 내 소속은 A시가 되었지만 내 주민등록상 주소는 B시에 있었다. B시에서는 가뜩이나 부족한 도내 선수 자원을 뺏기는 것이 싫었고, 선수들의 출전을 법적으로 막겠다며 엄포를 놨다. 물론 B시에서 선수들의 주소지 때문에 어떤 불이익이나 문제가 생길 수 있다는 사전 공지도 없었다. 결국, A시와 B시의 알력 싸움으로 나처럼 주소지 문제가 있던 선수들은 당시 대회 출전이 불가능해졌다.

선수가 대회에 나가지 못하게 되면 더 이상 선수가 아니게 된다. 어쩔 수 없이 나는 엘리트 선수를 포기하고 3년간 아마추어로 활동하게 됐다. 장거리는 프로 선수로 참여했다. 내가 '프로'와 '아마추어'라고 구분 지어 말하고 있지만 둘 사이에 구분이 생긴 것은 2015년 아이언맨 프로 라이선스 등록이 되면서부터였다. 일 년에 약 100만 원 상당의 프로 등록비를 내고 접수를 하면 되는 것이다. 시상식도 종합 시상식이었고, 참여하는 사람들끼리 면식으로 프로와 아마추어를 인식하고 있을 뿐이었다.

프로 카테고리가 생기면서 코스 구분도 생겼다. 그래서 엘리트 선수들은 장거리를 잘 뛰지 않는다. 전국체전이나 올림픽도 코스가 정해져 있어서 이에 맞춰서 훈련을 하기 때문이다. 연습 삼아 70.3 코스를 뛰기도 하지만 현역 선수로 있는 한 장거리를 뛰지는 않는다. 오로지 올림픽 대회 단거리 코스를 목표로 하는 것이다. 해외 선수들도 상황은 비슷하나 차이가 있다면 올림픽 코스 선수 은퇴 후 장거리로 전향하는 경우가 늘고 있다는 것이다. 반면에 나는 아마추어로 시작했고 잠시 엘리트 선수를 했을 뿐 장거리 코스를 사랑하는 동호인의 성향을 지닌 사람이다. 그래서 장거리 코스를 뛰는 것을 선호한다. 쉽게 비유하자면 3라운드를 뛰는 올림픽 권투 선수가 12라운드 챔피언전 경기에도 참여하는 것과 비슷한 것이다. 그렇다. 나는 특이종이었다. 엘리트임에도 불구하고 장거리를 뛰는 건 거의 나뿐이었다. 국내에서 열리는 거의 모든 대회에 참가했다. 나는 이러한 선택 덕분에 엘리트 선수에도 끼지 못하고 아마추어 선수도 아닌, 야생종 같은 신세가 되었다. 그렇게 될 걸 알면서도 그런 선택을 했느냐고? 그렇다. 한계에 도전하는 풀코스를 뛰고 싶었기 때문이다. 그래서 엘리트 선수가 되었다는 기쁨도 잠시, A시와 B시간의 분쟁으로 1년 만에 실업자가 되었지만 나는 그것 때문에 크게 실망하지는 않았다. 엘리트 선수는 말하자면 '직장인'이었다. 그래서 정말로 직장인과 같은 대접을 받았다. 대회에 참여 못 하면 지적받고, 성적을 못 내면 압박을 받았다. 그게 싫었다. 2007년 A시와의 계약에서 풀려나 자유 선수가 됐을 때는 감옥에서 풀려난 기분이 들었다. 물론 미래는 불투명했다. 취직을 하고, 직장에 다니고 누군가를 만나 결혼해 아이를 낳아 기르는 그런 평범한 삶은 불가능해 보였다. 하지만 철인 3종 선수로서의 삶이라는 관점을 떠나, 다른 사람과 나의 삶을 비교한다는 것이 얼마나 의미 없는 짓인가.

나는 내 삶의 페이스를
회사나 사회가 정해놓은 기준이 아닌,
내 방식대로 운용하면서 달려가고 싶었다.

처음에는 외로운 길이 될 수도 있다.
하지만 다른 길로 걷다보면 알게 된다.
다른 길에는 다른 사람들이 있다.
당신은 혼자가 아니다.

알면 알수록 재미있는 철인 이야기 2

◇◇◇◇◇◇◇◇◇◇◇◇◇◇◇◇◇◇◇◇◇◇◇◇◇◇◇◇◇◇◇◇◇◇◇◇◇

트라이애슬론 입문을 위한 셀프 트레이닝

1. 아마추어와 프로의 차이는 어디서 날까?

아마추어와 프로의 차이는 체력 안배에서 드러난다. 자신이 좋아하는 종목이 있으면 그 종목에 대부분의 힘을 빼기도 한다. 그러면 다른 종목에서는 힘을 못 쓰게 된다. 트라이애슬론은 특히 체력 안배를 잘해야 하는데, 순간의 힘을 다 써버리고 뒤처지는 경우가 많기 때문이다. 사실 훈련은 아마추어나 프로나 차이가 크지 않다. 수영을 잘하는 사람은 1등으로 나오고도 사이클에서 헤매는 경우도 많다. 무리해서 모험을 하기도 하는데, 욕심을 내다보면 뒤처져 걷게 된다. 그래서 장거리 경기는 프로든 아마추어든 끝까지 해보지 않으면 모른다. 처음에 잘 뛴다고 끝까지 잘 뛰는 것이 아니다.

2. 훈련 강도는 상황에 따라서

대회를 나갈 생각이라면 2주 전까지는 훈련량을 최대한 높이고, 그 이후에는 강도를 낮추고 컨디션 조절에 매진하는 것이 좋다. 하지만 성격이 급한 분들은 힘들어하는 부분이다. 묵직하게 큰 그림을 그리며 가야 한다. 나의 경우 큰 대회를 위해서 하프코스 두세 개의 대회에 참가한다. 목표인 메인 대회보다 강도를 높이면서 몸의 상태를 확인하고 참가한다. 다른 작은 대회들은 더 큰 대회로 가는 여정으로 생각을 한다. 훈련이 잘됐는지 작은 경기에서 테스트를 해보는 것이다. 부족한 것이 있으면 왜 그런지, 피드백을 받으며 개선을 한다.

3. 수영 입문을 위한 팁

수영 중에 몇 가지 위험 요소가 있다.

첫째는 상어다. 한 번은 호주대회에서 출발 직전에 상어가 나타나서 대회가 중지된 적이 있었다. 하와이에서는 수십 마리의 돌고래 떼가 가끔 나타나는데, 돌고래가 나타나면 상어가 안 나타난다. 즉 안전하다는 신호다.

둘째는 바다 안개다. 사실 상어보다 바다 안개가 더 위험하다. 안개가 많이 끼면 시야 확보가 어려워 길을 잃고 표류할 수 있다. 다른 사람들도 도와줄 수 없으므로 각별히 주의해야 한다. 따라서 안개로 인해 경기 진행이 늦어지기도 한다. 특히 시력이 좋지 않다면 도수 있는 수경을 쓰는 것을 추천한다. 나는 시력이 안 좋아서 수영에서 고생을 많이 했다. 도수 있는 수경을 쓰지 않았고, 수경이 뿌옇게 되면 눈에 보이는 것이 거의 없었다. 물론 저녁에는 더 심해졌다. 그래서 2012년 제주대회에서는 선두로 뛰고 있다가 어두컴컴한 바다에서 길을 잃어버려 고립될 뻔한 적도 있었다. 따라서 물을 알아야 하고 물과 친해져야 한다. 보통 수영을 오래 했던 분들이 철인으로 넘어오는 경우도 많지만 처음 수영 훈련을 하는 분들도 많다. 철인 3종은 웻슈트를 입고 시합을 하기 때문에 부력이 있는 상태로 시합을 할 수 있어서 오히려 실내 수영보다 편하게 느끼는 분들도 많다.

그렇지만 가장 큰 차이점이라면 바로 오픈 워터라고 불리는 야외 수영을 한다는 것이다. 특히 파도가 치는 바다에서의 수영이라든지 수심이 깊은 호수에서의 수영 등은 특히나 겁을 먹을 수 있는 부분이다. 철인 3종 수영을 하고자 한다면 실내에서 기초를 다지고 수영을 연습한 후 야외에서 웻슈트를 입은 상태로 수영을 해봐야 한다. 웻슈트를 입는 방법 또한 연습이 필요하며 야외에서의 여러가지 상황은 실내 수영장과는 또 다른 변수가 될 수 있다. 반드시 수온 체크 등을 위해 야외에서 수영을 해보고 시합에 들어가야 한다.

웻슈트도 꼭 철인 3종 슈트로 수영이 가능한 슈트를 골라야 하며, 이는 부력과 함께 체온 조절에도 영향을 주기 때문이다. 본인이 참가하고자 하는 시합 코스에 따라서 연습량이 달라지는데, 스프린트 코스는 750m가 수영코스이기 때문에 보통 800m~1000m를 연습하길 권한다. 본인이 참가하는 코스보다 100~300m 정도씩 더 해주는 훈련을 하게 되면 시합 때 오히려 수영에서 편하게 시작하고 경기 운영을 잘할 수 있다. 또한, 수영 하나로 끝나는 게 아니고 연이어 사이클과 달리기가 있기 때문에 수영 훈련 후 지상으로 올라와 웻슈트를 벗는 훈련도 필요하다. 웻슈트를 벗으면서 바꿈터까지 달려가는 훈련과 바꿈터에 도착해서 빨리 웻슈트를 완전히 벗고 본인의 자전거와 헬멧 고글을 챙겨서 나가는 것을 미리 연습해 보는 것이 좋다. 시합을 처음 참가하는 경우에는 바꿈터에서 본인 사이클과 자리를 찾지 못해서 우왕좌왕하게 되는 경우가 비일비재하므로 반드시 점검해야 하는 사항이다.

리본 처자가 알려주는 아이언맨 가족의 시합 장비

원터치 텐트

경기 특성상 장시간 기다릴 공간이 필요해요. 게다가 남편은 시합 준비로 바쁘고 같이 가는 다른 분들도 챙겨야 해서 정신이 없어요. 때문에 텐트는 던지면 펴지는 거로 준비하시면 간단하고 좋아요.

돗자리

남편이 아는 분들도 많고 제가 아는 분들도 많아서 특대형 사이즈로 준비합니다. 아이들끼리도 시합장에서 만나 같이 쉴 수 있고 어른들도 편히 앉아서 함께 기다릴 수 있어서 필수입니다. 해외 시합장에서도 정말 필요한 아이템입니다.

랜턴

새벽부터 같이 나가서 저녁까지 있는 경우가 많기 때문에 아이들 놀이를 위해서도 준비해둡니다. 아이들을 위한 색칠공부용 스케치북, 색연필 등등과 가장 좋아하는 장난감을 함께 챙겨가면 좋습니다.

자전거 킥보드 헬멧

아이들 자전거와 킥보드 헬멧도 챙겨줍니다. 남편은 남편대로 시합을 뛰지만 아이들에게도 즐거운 나들이가 될 수 있도록 챙겨줘야 신나게 같이 즐길 수 있어요.

구급 약품

남자아이들이라 특히 상처가 날 것을 대비해 밴드, 메디폼, 소독약도 필수품이며 여름철을 위한 모기 기피제, 버츠비 크림 등도 필요해요.

겉옷과 우비

일교차를 대비해 반드시 챙겨주셔야 합니다.

여벌 옷

장시간의 기다림 만큼이나 아이들은 정말 많이 엎고 또 엎지르기 때문에 준비해 주세요.

간식

되도록 과일이나 마실 물 등을 준비하지만 아이들도 나들이 기분을 내게 하기 위해서 과자도 별식으로 준비해줘요.

접이식 테이블

식사 때 아이들을 위해 준비해줘요.

냉커피

오랜만에 만나는 반가운 지인들과 만남을 위해 준비해 주면 서로 신나고 좋아요.

알면 알수록 재미있는 철인 이야기 3

◇◇◇◇◇◇◇◇◇◇◇◇◇◇◇◇◇◇◇◇◇◇◇◇◇◇◇◇◇◇◇◇◇

철인 3종 경기를 즐기는 방법

1. 운동과 여행을 한 번에

국내에서 개최되는 철인 3종 경기는 보통 시합 전날 자전거 검차를 하고 다음 날 새벽부터 준비해서 아침 7시 정도부터 시합이 시작된다.

해외 시합이 유명 휴양지에서 열리는 것과 마찬가지로 국내 시합도 수영 · 사이클 · 달리기(철인 3종 세 가지 종목)를 해야 하기 때문에 바다나 호수, 강을 끼고 있는 자연환경에서 시합이 진행된다. 말하자면 관광객을 끌어들이기에 가장 좋은, 그 지역의 명소에서 경기가 진행된다. 예를 들면 독일 시합은 독일의 과거와 현재 모습을 한자리에서 볼 수 있는 프랑크푸르트에서 열린다. 웅장하면서도 운치가 넘친다.

시합이 열리는 장소에 갤러리를 위한 셔틀이 운행되니 이동이 편해서 좋아하는 시합 중에 하나다. 시합 전 엑스포를 진행하며 유소년 시합이 먼저 열리는데, 아이들이 정말 열심히 달리는 모습을 보면 가슴이 뭉클해진다. 경기가 벌어지는 동안에 뢰머 광장에 어마어마하게 큰 화면이 설치돼 완주 모습을 중계해준다. 큰 축제인 만큼 많은 방송사들의 촬영 열기도 뜨겁다. 날씨가 덥던 비가 오든 춥든 전혀 개의치 않고 자리를 지키는 어마어마한 인파의 갤러리들이 흥겨우면서도 진지한 분위기를 만들어 준다. 이처럼 철인 3종을 하다 보면 전 세계적으로 개최되는 시합장만 다녀도 여행과 운동을 동시에 즐길 수 있다.

2. 숙소는 경기장 인근으로

경기 하루 전날 도착해서 맛있는 음식도 먹고 되도록 시합장 근처로 숙소를 잡으면 좋다. 아내와 아이들은 숙소에서 쉬다 나와서 시합을 관전할 수도 있다. 같이 움직이면 그만큼 짐도 많아지고 아이들도 챙겨야 할 부분이 많지만 가족이 응원

해주는 시합은 절로 힘이 나기 마련이다. 특히 시합을 뛰면서도 아이들의 목소리는 귀에 콕 박히듯이 들린다.

"아빠 힘내세요~ 달려~"

아이들의 목소리에 지쳐가던 다리도 다시 힘이 들어간다. 그리고 피니시에서 맞이해주는 아내와 아이들을 보면 완주의 기쁨은 더 커진다. 결혼 전에는 혼자 시합에 참여한 적이 많았지만 이제는 외롭고 심심해서 그렇게 못 할 것 같다.

아이들 컨디션이 좋은 상황이라면 시상대에 같이 올라가 목에 메달을 걸어주고 기념사진도 같이 찍는다. 덕분인지 다른 스포츠 시합을 보러 가서도 아이들은 응원하며 즐길 줄 안다. 시합장에 가족 단위 참가자들이 많아서 아이들도 친하게 지내는 또래들이 많고 아내도 다른 선수의 와이프와 친분이 있어서 서로서로 반갑게 즐기며 돌아온다. 그래서 시합장을 가는 것이 매번 즐겁다.

3. 가족들을 위한 배려
시합 참가할 때 본인의 예상 시간을 미리 알려주면 가족들이 관전하기가 좀 더 편해진다. 해외 시합들은 선수들의 위치를 실시간으로 알려주는 트래커*가 있어서 가족들이 선수들의 현재 위치와 예상 피니시 타임을 실시간으로 볼 수 있다. 국내에서도 구례 아이언맨 등의 시합에서 위치를 확인할 수 있다. 장시간 동안 치러지는 경기인 만큼 텐트나 돗자리 등 가족들이 쉴 수 있는 공간을 마련할 수 있도록 하는 것이 좋다.

가족만의 응원 도구를 만드는 것도 재미가 될 수 있다. 종을 흔드는 가족도 있고, 피켓을 들고 다니는 사람도 있다. 가족이 함께 즐길 수 있다면 신나는 철인 3종이 될 것이다.

4. 친구들과 함께

철인이라고 하면 강인한 이미지 때문에 많은 이들이 부담스럽고 어려워한다. 하지만 스프린터 같은 경기는 수영 750m, 자전거 20km, 달리기 5km밖에 안 된다. 수영만 한다면 자

● 아이언맨 앱이나 웹사이트에서 개최 중인 시합으로 들어가면 레이스 중인 선수의 배번이나 이름만으로도 현재의 위치와 속도 완주 예상 시간 등을 나타내 주는 것이 있다. 이것을 트래커라고 한다. 요즘은 GPS 기능과 지도가 함께 나와서 좀 더 보기 편하게 알려주고 있다.

전거와 달리기는 충분히 가능하다. 일반 MTB 자전거로도 충분히 완주할 수 있다. 또한 짧은 코스를 친구들과 릴레이를 해볼 수도 있다. 세 명이 한 팀이 돼 한 사람씩 수영, 사이클, 달리기를 나눠서 하는 것이다.

5. 시합장에서 식사가 제공되는 때도 있다

경기가 끝나고 갤러리들에게 식사를 제공하는 시합이 있다. 그럴 때는 시합장에서 같이 끼니를 해결할 수 있다.

6. 동선은 미리미리 짜두길

시합장 주변은 교통 통제를 하는 경우가 많다. 미리가서 기다릴지, 천천히 기다렸다가 들어갈지를 알아두어야 한다. 평균 피니시 예상 시간에 맞춰서 움직이면 좋다.

3장

철인을 향해, 뗀다

철인 3종 경기에도 여러종류가 있다?

철인 3종은 코스에 따라 세 가지 코스가 있다. 첫째는 수영 3.8km, 사이클 180.2km, 마라톤 풀코스 42.195km로 '아이언맨 코스'라고 불리는 최장거리 코스다. 둘째는 아이언맨 코스의 절반 코스인 70.3 아이언맨이 있다. 마지막으로 단거리인 올림픽 코스가 있다.

이 중 최장거리 코스인 아이언맨 코스는 매년 10월 둘째 주 토요일 하와이 코나 섬에서 열리며 세계적으로 인기가 대단하다. 쟁쟁한 프로, 아마추어 선수들이 이날 모두 모인다.

아침 7시에 경기를 시작해 그날 자정까지 완주한 사람을 철인으로 인정한다. 이 종목만의 특징은 나이, 성별, 장애의 제한 없이 모두가 함께하는 시합이라는 점이다.

철인이라면 이 시합을 참가하는 것이 최종 목표인 만큼 선수들의 분위기는 진지하다 못해 비장하다.

동이 터 오르며 대포가 쏘아 올려지고 선수들이 검은 썰물처럼 모래사장에서 바다로 뛰어 들어간다. 수많은 갤러리의 눈도 먼바다를 향한다.

약 1시간 뒤, 선두권의 사람들이 속속들이 수영을 끝내고 뭍으로 밀물처럼 올라온다. 사이클이 시작되는 긴 라인을 따라 설치된 펜스 양쪽에도 갤러리들이 빈틈없이 들어차면서 자연스럽게 인간 터널이 만들어진다. 그 사이를 지나며 선수들은 엄청난 희열을 느끼기도 한다. 사이클은 프로 선수도 4시간 반 정도가 걸리는 장거리 경기다. 수영은 바다의 상황에 따라 코스가 변하기도 한다. 하지만 사이클은 비가 오거나 바람이 불어도 멈추지 않고 진행된다.

코스에 따라 차이가 있지만 1등은 8시간대의 완주 기록을 보인다. 7시간대의 기록도 나오면서 점점 기록이 단축되고 있다. 현지에서는 시작부터 피니시까지 17시간이 넘는 시간 동안 방송사에서 생중계를 한다.

철인 3종 경기가 진행되는 동안 갤러리들은 축제를 즐긴다. 형광 가발을 맞춰 머리에 쓰고 응원하는 사람, 형형색색의 복장과 화장을 한 사람 등 갤러리들의 모습 또한 다양하다. 행사 중에는 온갖 길거리 음식들이 넘쳐나고, 이 기회를 이용해 관광을 하는 사람들로 인파를 이룬다. 이런 상황에서 철인 3종 경기를 뛰는 선수는 러너 그 이상의 체험을 할 수 있다. 잠시 스쳐 지나가는 사람이 아니라 그 나라의 사람, 바람, 바다, 바닷길을 모두 느낄 수 있는 특권을 누린다.

따라서 철인 3종 대회에서 갤러리와 러너 모두에게 꼭 필요한 소양이 한 가지 있다면 바로 '즐기는 방법을 찾는 것'이다.

알면 알수록 재미있는 철인 이야기 4

◇◇◇◇◇◇◇◇◇◇◇◇◇◇◇◇◇◇◇◇◇◇◇◇◇◇◇◇◇◇◇◇◇◇

철인은 왜 제모를 하는가

사이클을 전문적으로 타는 사람들은 안전상의 이유로 제모를 한다. 찰과상을 입게 되었을 때 먼지나 땀, 바닷물 등으로 오염된 체모가 상처에 안 좋은 영향을 줄 수 있기 때문이다. 물이나 바람의 저항을 줄여 주기 때문에 기록향상에도 도움이 된다.

나도 겨울에는 다리에 체모가 있는 상태로 지내지만 시즌 시작에 맞춰 시합이 끝나는 10월~11월 정도까지는 깨끗하게 제모를 해주고 있다. 아내는 내게 제모를 해줄 때마다 '집에서 제모를 받는 남자는 흔하지 않을 것'이라면서 웃는다.

물론 제모를 하지 않고 사이클을 타고 철인 3종에 참가하는 사람들도 있지만 나는 꾸준히 하고 있다. 제모제, 면도기, 왁싱 등 일반적으로 잘 알려진 제모법을 활용하고 있다.

초보 탈출의 피니쉬 라인은 길 위에 있다

앞서 이야기했던 하와이 코나 대회에 참가하기 위해서는 몇 가지 조건이 필요했다. 첫째는 2007년 제주도 대회에서 하와이 코나 대회로 진출할 수 있는 티켓을 따는 것이었다.

2007년 여름, 프로 선수 선언 이후 첫 대회를 나가기로 했다. 주말에 부모님 일을 도와드리며 월드 챔피언십 출전 포인트가 주어지는 제주 대회를 3개월 동안 전력으로 준비했다. 문제는 '노력'이 곧 '성공'을 가져다주리라 생각했던 게 착각이었다.

제주 대회 당일 컨디션과 수영에서의 흐름은 무척 좋았다. 그런데 사이클에서 예상치 못한 문제가 생겼다. 도로 위 반사등을 살짝 밟으면서 바퀴에 미세한 펑크가 난 것이다. 처음에는 달릴만했지만, 페달을 굴릴수록 힘겨워지더니 바람이 다 빠져버렸다. 튜브를 교체하는 법을 배워놨어야 했고,

간단한 수리 장비를 가지고 타야 했지만 아무런 준비가 되어있지 않았다. 누군가는 이렇게 말할 것이다. 유튜브나 구글에서 조금만 검색해봐도 그런 건 쉽게 알 수 있지 않냐고. 2007년은 지금과 매우 달랐다. 유튜브는 그해 막 한국 정식 서비스를 시작했고, 철인 3종을 위한 책이나 영상 자료 등의 정보 공유 서비스도 드물었다.

아무튼, 나는 제주 경기를 포기할 수 없어서 휠이 망가질 정도로 바퀴를 굴렸고, 나중에는 자전거를 들고 뛰었다. 뜨거워진 아스팔트를 달리다가 발에 화상까지 입었다. 피니시까지 25km가 남은 상황에서 결국 경기를 포기할 수밖에 없었다. 내가 완주를 못 했던 몇 안 되는 경기 중 하나였다. 서러움에 눈물까지 났지만 어쩔 방법이 없었다. 열심히 할 줄만 알았지 펑크 때울 방법도 몰랐던 나를 탓할 수밖에 없었다.

부안에서 열린 시합에서는 앞바퀴를 고정해주는 큐알이 부러진 일도 있었다. 이러다 바퀴가 빠지면 죽을 수도 있겠다는 생각이 들었다. 지나가는 길에 농기계 가게에 들러 볼트를 구해서 끼워가며 완주를 했다. 처음 이런 일이 벌어졌을 때는 계속해서 후회하고 화도 냈다. 하지만 어느 순간부터 조급하게 생각하지 않기로 했고, 돌아가도 괜찮다는 생각을 했다. 피니시 라인을 통과했다고 해서 그 순간 초보에서 탈출하는 것이 아니라는 걸 깨달았기 때문이다.

초보 탈출의 길은 피니시 라인이 아니라, 그곳으로 향해 가는 길 위에 있다. 하지만 우리의 예측 범위를 아득히 뛰어넘는 우연과 필연으로 뒤엉킨 도전의 길은 쉽게 길들여지지 않는다. 그래서 진흙탕을 지나가기 위해선 장화가 필요하고, 얼음판을 지나가기 위해선 아이젠이 필요하다. 길은 나에게 맞춰 진화하지 않기 때문이다. 진화해야 하는 것은 나다. 예측할 수 없는 길 위의 상황에서는 강자도 약자도 없다. 운이 좋거나 나쁘거나의 차이일 뿐이다. 철인 3종은 이러한 '비상식적 시련을 온몸으로 '평등'하게 견디는 경기'다.

트라이애슬론의 근본정신 역시 평등에 방점이 찍혀있다. 길 위에서 달리는 모든 도전자들은 어떠한 순위 구분 없이 모두가 평등하며, 도전을 마친 모두는 존경받아 마땅한 사람들이라는 것이다.

1등도 물론 대단하다. 그러나 포기하지 않고 17시간의 완주를 마친 마지막 주자의 도전정신 또한 1등 못지않게 존경받을 가치가 있다고 보는 것이다. 그래서 1등으로 완주한 프로 철인 3종 선수가 마지막 주자를 기다린 뒤, 본인의 메달을 그에게 걸어주는 모습이 나오기도 한다.

———————

1등이 인정하는 말등. 나는 꼴등이라는 말보다는 '말등'이라는 표현을 좋아한다. 조선 동포에게서 배운 말이다. 그들에겐 꼴등이라는 단어가 없다고 했다. 물론, 표현만 다를 뿐 사용하는 단어의 의미는 맥락상 비슷한 것이라고 한다면 할 말은 없다. 하지만 뭔가 다른 단어로 표현할 수 있지 않을까. 꼴이라는 말엔 다분히 겉으로 드러난 결과나 모습만으로 사람의 모양새나 형태를 낮잡아 보는 의미가 담겨있기 때문이다. 아무 노력 없이 마지막 등수가 된 거라면 꼴등이란 말을 들어도 좋다. 하지만 철인 3종 경기에서는 상황이 다르다. 이런 맥락에서 내 마음대로 단어를 만들어보자면, 최소한 철인 3종 경기에서만큼은 '일등'의 반대말이 '꼴찌'가 아니라 '끝등'이라고 표현할 수 있을 것이다. 여자 한복 저고리 소맷부리에 댄 다른 색의 천을 가리켜 '끝동'이라고 하는 것처럼 말이다. 한복을 만드는 사람들은 끝동을 '끝의 아름다움'으로 강조한다. 끝동에 마무리의 아름다움이 있듯 철인 3종의 '끝등'에도 마무리의 아름다움이 있다.

철인 3종 경기에서는 인종, 나이, 성별을 가리지 않고 장애인들도 똑같이 아이언맨으로서 같은 조건에서 완주를 하고 환호를 받는다. 이렇게 환호를 받으며 피니시 라인을 통과한 사람들은 그대로 집으로 돌아가지 않는다. 마지막 주자를 기다리며 응원을 한다. 포기하지 않고 끝까지 달려온 이에게 박수와 환호를 보내기 위해서다. 이런 모습은 다른 경기에서는 보기 힘든, 철인 3종만이 가진 매력이다.

알면 알수록 재미있는 철인 이야기 5

◇◇◇◇◇◇◇◇◇◇◇◇◇◇◇◇◇◇◇◇◇◇◇◇◇◇◇◇◇◇◇◇◇◇◇◇◇◇◇

라이딩 시작은 이렇게!

1. 사이클부터 시작해보자

세 종목 중 사이클은 특히 매력적이다. 먼 거리를 큰 힘 들이지 않고 갈 수 있고, 달리면서 볼 수 없는 경치들 감상할 수 있다. 또한, 아이언맨 코스에선 가장 기록을 줄일 수 있는 종목이 사이클이다. 그래서 사이클에 많은 시간과 투자가 필요하다.

2. 사이클을 탈 때 주의사항

사이클은 넘어질 때 가장 위험하다. 예전에 대회에서 맨홀에 이슬이 맺혀서 내리막을 시작할 때 오른쪽으로 턴을 하면서 쭈욱 미끄러졌다. 다행히 선두권이라 혼자 넘어졌고 찰과상 정도였다. 하지만 다른 분은 넘어져서 경기를 포기했다. 달리기는 넘어져도 일어서면 되지만 사이클은 큰 부상으로 이어지기 쉽다.

3. 장거리 라이딩, 안전이 최우선

예전에 훈련차 대전에서 서울까지 1번 국도만 따라 5시간 반 동안 타고 올 때가 많았다. 국도는 매우 위험하다. 특히 덤프트럭이 위협적이다. 도로 사정이 좋지 않은 곳에서 펑크도 여러 번 났다.

최근 일반인들도 장거리 라이딩을 많이 한다. 자전거 도로를 이용하면 길은 좀 멀지만 시도해볼 만하다. 일반 도로보다 안전하지만 그래도 반사등은 필수다. 장비나 몸에 충격이 가면 지인들에게 연락이 가는 시스템도 있고, 조금만 찾아보면 라이딩에 상당히 도움이 되는 장비들이 있다. 운동도 좋지만, 안전을 가장 중요하게 생각하고 모든 부분에 있어서 가장 최선의 안전 장비를 갖추길 바란다. 이는 권장 사항이 아니라 필수 사항이다.

4. 한 부위만 깊게 파고들지 말고 얕고 넓게 파길

웨이트 트레이닝의 경우 가슴, 팔, 다리 등 한 부위를 집중적으로 하는 것이 권장되기도 한다. 그러나 트라이애슬론은 하루에 2종목 정도를 함께 해주는 것이 좋다. 특정 부위를 키우는 것보다 밸런스를 유지하는 것이 중요하기 때문이다. 수영에서 너무 힘을 빼면 사이클을 못 탄다. 특히 나이가 들수록 밸런스를 위해 근력운동도 해야 한다.

5. 수영부터 배워보자

가까운 수영장을 찾아 수영을 배우는 것을 권한다. 우리나라에서는 학교 과목이 아니었기 때문에 수영 자체를 접해보지 못한 채로 성인이 되는 경우가 많다. 수영은 쉽게 기량이 향상되는 종목은 아니지만, 철인 3종 전용 웻슈트를 입으면 부력을 받아 보다 안전하게 경기를 할 수 있다. 야외 수영이라고 해서 너무 겁먹을 필요는 없다. 용기를 한 숟가락만 더 해보자.

6. 달리기

5km 달리기 시합을 참가해보고 체험을 해보는 것이 좋다. 그냥 무턱대고 달리다가는 부상이 올 수 있다. '컷오프 타임'이라고 불리는 시간제한이 있기에 어느 정도의 연습을 하고 참가하는 것이 좋다.

7. 릴레이 시합 참가

처음부터 완주를 목표로 참가하기보다는 첫 출전이라면 릴레이 시합으로 참가해서 본인이 강한 분야를 먼저 체험해보고 자신감을 얻는 것을 추천한다. 첫 출전은 본인의 한계를 가늠하기 어렵고 낯선 환경에서 변수가 많기 때문에 갤러리로 와서 보는 것도 좋다. 시합장 분위기를 부담 없이 체험해보는 데도 도움이 된다.

철인 3종은 대회 장소가 야구장이나 실내 수영장처럼 규격화되고 정돈된 곳이 아니라 사실상 야생에 가깝다. 그러다 보니 낯선 환경에서 본인의 기량을 제대로 펼치지 못해 보고 컷오프 탈락하게 되는 경우가 꽤 많다. 따라서 적응 훈련을 통해 심리적 안정감을 얻은 뒤에 참가하는 것이 좋다. 릴레이뿐만 아니라 아쿠아슬론, 듀애슬론이라고 불리는 다른 형태의 시합들이 있으며 스프린트 코스라고 불리는 올림픽 코스 절반의 거리를 뛰는 시합도 있다.

아이언맨은 운동 중독인 걸까?

평상시 시합이 없을 때의 내 일상은 이렇다. 새벽 5시쯤 일어나 트레이닝을 위해 훈련장으로 간다. 7시 45분까지 클래스 사람들과 함께 훈련하고 개인 훈련을 위해 바로 수영장으로 간다. 수영은 8시 10분부터 55분 정도까지 훈련한다. 다시 웨이트장으로 가서 고정용 자전거를 1시간 정도 탄다. 트레드밀에서 달리기 1시간 정도를 한다. 이 정도의 훈련량을 되도록 매일 하려 하고 훈련이 끝나면 개인 시간을 갖는다. 집으로 돌아오면 설거지도 하고 빨래도 넌다. 아이들과 놀아주는 평범한 아빠 역할도 한다. 물론 훈련이 너무 힘들 때는 정말 집에서는 누워만 있는 경우도 있다. 녹아버린다는 표현이 맞을 것 같다. 그럴 때는 별수 없이 그저 누워서 충전을 잘 해줘야 한다. 문득 그런 생각이 들었다. 아이언맨은 운동 중독인 걸까? 운동 중독이라면 왠지 운동을 안 하면 알코올 중독처럼 몸이 벌벌 떨리고 심장이 두근거려야 할 거 같지만 그렇진 않다. 지쳤을 때는 운동은 생각도 하기 싫다. 바닥에 붙은 껌딱지처럼 딱 붙어서 움직이지 않고 싶다. 그런 점에서 볼 때 아이언맨은 '운동 중독'이라기 보다는 '도전에 대한 중독'이라고 하고 싶다.

리본처자의 이야기 3

갤러리에서 지켜보는 아이언맨

남편이 '왜 철인 3종을 시작했느냐'는 질문을 주변에서 많이 받는 것처럼, 저는 '어쩌다 그런 남편의 뒷바라지를 시작하게 됐냐'는 질문을 많이 받습니다. 하지만 그건 아마도 제 능력이나 역할에 대한 선입견에서 비롯된 게 아닐까 합니다.

먼저 저는 물리치료사로 일했던 경험이 있습니다. 덕분에 남편이 되도록 부상 없이 운동을 잘할 수 있도록 도와주려고 노력을 많이 하고 있습니다. 물리치료사로서의 제 경험이 남편이나 주변 철인들에게 도움이 된다는 것에 나름의 자부심이 있답니다.

남편은 주중에는 훈련을 많이 하고 주말에는 시합을 뛰는 경우가 대다수라서 아이들이 아빠와 함께할 수 있는 시간이 부족합니다. 그래서 시합장에는 보통 아이들도 다 같이 가서 시합 시간 동안 기다립니다.

굉장히 열정적으로 남편을 서포트 해주는 것으로 비칠 수 있지만, 아이언맨 시합 같은 경우에는 트랙커라고 해서 배번이나 이름을 입력하면 현재 위치와 예상 피니시 시간 등이 기록되어 나옵니다. 맛있는 것도 먹고 놀면서 기다리다가 시간에 맞춰서 지나갈 만한 곳에서 아이들과 함께 소리 한 번씩 질러주면 됩니다.

특히 국내 시합장에서는 배달의 민족인 우리나라의 특성답게 온갖 먹거리를 텐트나 돗자리로 가져다주기 때문에 먹고 즐기는 재미가 큽니다. 철인이 혼자가 아니듯, 철인의 아내도 혼자가 아닙니다. 저처럼 남편을 응원해주기 위해 아이들과 함께 나오는 언니들이 많습니다. 아이들은 자연에서 같이 놀게 하고 언니들과 수다도 떨고 맛있는 것을 먹으면서 즐거운 시간을 보내고 옵니다.

철인 3종을 하다 보니 남편이 술 담배를 하지 않고 일찍 자고 일찍 일어나고 열심히 사는 모습도 보기 좋습니다. 때론 지쳐서 녹아 쓰러지는 모습이 안쓰러워서 제 나름의 애정표현으로 잘 챙겨 주려고 합니다. 너무 지쳐 보일 때는 물도 떠다 주고 칫솔도 가져다주면서 응석도 받아주려고 합니다. 남편이 철인 3종을 시작한 것은 취미였고 지금도 여전히 일을 따로 하면서 운동을 하고 있습니다. 물론 철인 3종 코치 및 감독 일을 연장선상으로 하고 있기에 대회 경험이 좋은 밑바탕이 되리라 생각하고 응원해주려고 합니다.

저도 사실 처음부터 이런 장점들을 알고 있었던 건 아닙니다. 한 번도 가보지 못한 곳에 개인 경비를 선불로 내고 참가하는 시합이 낯설고 부담스러웠습니다. 하지만 해외 여러 시합에서 함께 즐기는 갤러리 가족 친구분들을 보면서 느끼는 것이 있었습니다. 기록도 중요하게 생각할 수 있지만, 그 나라의 자연환경을 몸으로 즐기며 축제에 직접 참여하는 사람이 된다는 독특한 즐거움이 있습니다. 응원을 위해 한복을 준비하기도 하고 돗자리를 챙겨 다니면서 즐겁게 시합을 관전합니다.

남편 덕분에 해외의 여러 멋진 휴양지들을 다 가볼 수 있어서 좋습니다. 생각보다 부상 없이 안전하게 완주할 수 있는 스포츠이기 때문에 기록 욕심이 있는 남편과는 달리 저는 놀러 가는 기분으로 다닙니다. 원정대를 이끌고 가는 경우가 많은데 그분들의 총무 역할을 수행하는 것도 제 역할입니다. 현지 식자재로 한식을 요리해서 제공해 드리기도 합니다. 덕분에 해외 원정단을 같이 다녀오신 분들과 많이 친해져서 다시 시합장에서 뵐 때는 더 신나게 응원도 해드리고 안부도 묻고 잘 지내고 있습니다.

운동밖에 모르는 순수한 남편이라 같이 고민하고 헤쳐나가야 할 새로운 일들이 많습니다. 아직 둘 다 초보 엄마 아빠로 부산스러운 두 아들을 키우느라 허둥지둥 지치고 투닥투닥

하기도 하지만 그래도 포기하지 않고 같이 해보고 싶습니다. 이제는 코치 일도 하면서 이 분야에서 여러 가지 일들을 하고 있는 남편을 자랑스럽게 생각하고 있습니다. 자리 잡는데 10년이 넘는 세월이 걸렸지만 내 남편 '오영환'답게 멈추지 않았습니다. 저도 그렇게 달려왔습니다. 그래서 말하자면 저는 남편을 '뒷바라지' 한다기보다는 '앞바라지' 하고 있다고 생각합니다. 때에 따라서 옆에서 돕는 '곁바라지'를 하기도 하고요. 삶의 주도권을 잃지 않는 유연함. 그것은 아마도 철인 3종을 하면서 갤러리들을 통해 제가 배운 삶의 스탠스가 아닐까 합니다.

알면 알수록 재미있는 철인 이야기 6

◇◇◇◇◇◇◇◇◇◇◇◇◇◇◇◇◇◇◇◇◇◇◇◇◇◇◇◇◇◇◇◇◇◇

철인 3종으로 이어진 멋진 인연들

1. 연탄 배달 봉사

겨울부터 초봄까지 션 선배님과 함께 백사마을 연탄 배달 나눔 봉사를 함께 하고 있다. 매번 나가지는 못하지만 혼자서라도 꼭 참여하려고 노력하고 있다. 우리 아이들이 아직 어리지만, 함께 봉사활동을 하고 온다. 너무 춥거나 눈이 오는 날이 아니면 같이 간다. 처음 갔을 때 아이들은 생전 처음 보는 연탄을 나르며 무거워서 놀라기도 했다. 봉사활동이 끝난 뒤에는 떡볶이와 어묵을 사준다. 어릴 적에 이러한 봉사의 즐거움을 몸소 경험하고 온다는 것이 좋은 교육이라고 생각해서 매년 함께하고 있다. 션 선배님과 8년의 인연을 이어오며 좋은 활동들을 많이 배우고 있는데, 철인이 아니었다면 이렇게 함께 할 기회조차 없었을 것이다.

2. 어린이 재활 병원, 루게릭 요양 병원 건립 기부 활동

연탄배달과 마찬가지로 션 선배님과 훈련을 하면서 기부 활동과 같은 좋은 일에 대해 알게 되어 동참하게 되었다. 시합을 완주한 거리만큼 또는 시합에 참여하는 것에 의의를 두고 일정 금액을 기부하는 방식으로 진행된다. 아이스버킷 챌린지도 션 선배님이 지목을 해줘서 함께 할 수 있었다.

이러한 기부 활동에 대해서 알게 된 주변 철인분들의 반응도 뜨겁다. 동참하거나 조용히 기부금을 전달하는 철인 클럽도 여럿 있었으며, 시합 참가금을 기부금으로 사용하는 '은총이 대회'도 서울에서 개최되고 있다.

3. 룰루레몬 앰배서더 활동

내가 철인 3종 장거리 선수로 알려지기 시작하면서 요가 운동복의 샤넬이라고 불리는 룰루레몬과 인연이 닿아 앰배서더 협약을 맺게 되었다.

룰루레몬에서는 여러 앰배서더와 고객분들과 소통하는 행사를 많이 진행한다. 덕분에 요가와 필라테스 등 다른 운동들을 접하고 각 분야의 전문가들과 소통하며 많은 것들을 배우고 있다. 그래서 이제는 나도 시합 전 몸풀기 운동으로 요가를 함께 하기도 한다. 다른 앰배서더 그리고 룰루레몬 회원분들과 소통하며 건강한 에너지를 다양한 방법으로 확산시키는 느낌이 들어 좋다. 이러한 모임을 하면서 여러 사람과 함께 한다는 것은 그 자체로 행복한 일이 아닌가 싶다.

4장

철인 다이어리

2012년 미야코지마 대회

2012년 미야코지마 대회는 내가 첫 번째로 참여한 국제 대회였다. 아시아의 하와이라 불리는 미야코지마는 일본 최남단으로 타이완과 인접한 곳이다. 목요일은 선수들과 전원 라이딩을 나갔다. 미야코의 바람과 절경이 함께한 라이딩은 마음까지 상쾌하게 만들었다. 리조트에 도착해서 다른 선수들은 바다에서 수영을 하고 나는 달리기를 40분간 했다. 그리고 선수 등록을 하러 갔다. 하와이 시합과는 다르게 사전 등록이 미리 되어있어서 신분증 없이도 쉽게 할 수 있었다. 선수 등록이 완료되자 이제 곧 시합이라는 사실이 사뭇 진지하게 다가왔다.

다음 날 개막식이 열렸다. 작년 우승자는 트로피를 다시 반납하고 선서를 했다. 선서 내용이 어찌나 긴지 작년 우승자는 선서 내용을 잊어버려서 날도 더운데 땀을 더 흘렸다. 트로피도 6개나 됐다. 트라이애슬론 대회에서의 트로피는 한 번의 경기로 한 명의 승자에게 영원히 귀속되는 것이 아니라 도전하는 모든 이에게 열려있다. 트로피를 넘겨받은 다른 우승자는 다음 사람을 위해 트로피를 소중히 보관한다. 이렇게 트라이애슬론 대회의 역사는 후대로 계속해서 이어질 것이다. 나도 그 역사 속에서 함께하고 있다는 느낌이 들었다.

한편, 행사장에서는 스트롱맨을 기념하는 모형 비행기가 날아다니고 일본 개그맨과 가수들이 나와서 공연을 했다. 뭐라고 하는지는 못 알아 들었지만, 현지인처럼 행동했다. 흥겨운 분위기에 먹고 마시는 즐거운 한때였다. 시합 전날인 토요일에는 몸을 만들기 위해 자전거를 거치하고 한 시간을 달리고 왔다.

드디어 시합 당일. 그동안 머물던 날씨와는 다르게 새벽부터 가랑비가 흩날렸다. 수영에 강한 일본답게 몸싸움이 치열했다. 수영을 마치고 바로 사이클을 시작했다. 사이클은 맞바람이 없어서 시작부터 느낌이 좋았다. 하지만 몸이 안 풀려서 힘들었다. 무더운 날씨 덕분에 중간에 포기하는 사람들도 속출했다. 그럼에도 전체 완주율은 83%였다. 사이클을 14등으로 마치고 나오면서 '첫 대회니까 10위권 안에만 들었으면 좋겠다'고 생각했다. 페이스대로만 유지하자고 마음먹고 달렸는데 생각보다 선수들이 지쳐가며 퍼지기 시작했다. 어느 순간 눈앞에 3등이 보였다. 5km 내내, 마치 아킬레우스와 거북이의 달리기처럼 따라잡을 수 있을 것 같지만 잡히지 않는 달리기가 이어졌다. 결과는 4위. 만족했다.

피니시 라인을 통과한 뒤, 다른 선수들이 들어오는 모습을 멍하니 바라봤다. 이번 대회에서는 결승선을 통과할 때 다른 시합과 달리 북 치는 소년소녀들이나 가족들이 함께 들어갈 수 있다. 그 모습이 저마다 매우 달라 이것 또한 볼거리였다. 어떤 젊은 남자분은 초등학생 50명 정도와 함께 피니시를 했다. 아마도 초등학교 선생님이 아니었을까 하는 생각이 들었다. 언젠가 나도 내가 가르친 철인 후배들과 함께 저렇게 골인할 수 있는 날이 올까. 그런 생각이 들었다.

시상대에 올랐다. 다른 선수들의 메달이 부러웠냐 하면 그것

보다는 그들의 이기적인 기록지가 부러웠다. 마지막에는 기자회견에 참여한 선수들이 모두 일어나서 사진을 찍었다. 그런데 아주 키가 큰 여자 선수가 제 앞에 서며 뭔가 말했다. 뭐라고 하는지는 알 수 없었지만 아마도 "당신 키가 작아서 나한테 가려져 사진이 안 나올 거 같다. 괜찮겠냐?"며 장난을 치는 것 같았다. 나는 괜찮다며, 그렇지 않을 거란 의미로 "아니에요, 아뇨."를 외쳤지만 결국 더 높은 의자 위로 올라갔다. 순간의 자존심보다 영원히 간직해야 할 사진에서 얼굴이 안 보이는 것이 더 생각하기 싫었다.

리본처자가 들려주는 대회 후기

After 미야코지마

일본이지만 미야코지마 직항이 없기 때문에 나하공항에서 다시 미야코지마까지 가는데 시간이 좀 걸려요. 도착하면 하와이가 아닌가 착각할 정도로 야자수 나무가 많은 공항에 놀라게 돼요. 그리고 에메랄드빛 바다와 하얀 모래에 넋을 잃게 되죠. 날씨는 대만과 가까워서 덥고 습해요.

한국인에게 친근함을 느끼는 미야코지마 현지 주민들 덕분에 더 즐거운 일본 시합이었습니다. 시합 1위에게는 아사히 맥주, JAL 등 일본을 대표하는 기업들이 주는 트로피와 1년 동안의 혜택이 있어서 받는 사람도 신나고 보는 사람도 놀라는 시합이에요. 특히 시합 전에 하는 식전 행사에 먹을 것이 많고 지역 주민들도 아이들과 함께 와서 만찬을 즐겨서 분위기가 아주 좋아요.

특히 피니시를 할 때는 선수의 완주 모습이 운동장 큰 전광

판에 비추며 한 바퀴 돌고 완주를 하게 되는데 가족들이 함께 레이스를 마칠 수 있어서 기다리는 가족 친구들이 많은 것도 즐거운 관전 포인트입니다.

시합하는 동안 큰 운동장 옆에서는 일본 전통 시장의 모습을 볼 수 있습니다. 온갖 먹거리들, 물고기를 뜰채로 뜨는 놀이, 장난감 시장에서 아이들과 즐기다 보면 어느새 완주 시간이 다 됩니다.

가족들이 같이 온다면 시합 완주 후 이라부 섬 바닷가에서 물놀이하는 것도 추천해요. 물이 정말 깨끗하고 좋아요.

남편이 특히 좋은 성적을 냈던 시합장이라 응원해주고 기억해 주시는 분들이 계셔서 더 감사하고 즐거운 시합이에요.

특히 흑우가 유명하다고 하는데 소고기가 아주 맛이 좋습니다. 시합이 열리는 호텔도 크고 전경이 좋아서 수영 스타트를 보는 것도 아주 재밌어요. 주로에서 아이들이나 어른들 할머니들 등 여러 그룹으로 다양한 전통 의상을 입고 춤을 추며 응원을 해주는 모습도 다채롭습니다. 항상 비슷한 일본 관광에 질렸다면 한 번쯤 도전해볼 만한 지역이 아닐까 합니다.

알면 알수록 재미있는 철인 이야기 7

◇◇◇◇◇◇◇◇◇◇◇◇◇◇◇◇◇◇◇◇◇◇◇◇◇◇◇◇◇◇◇◇◇◇◇

국내외 시합 준비물은 무엇이 있나요?

1. 사이클 전용 가방

철인 3종 전용 사이클을 위한 가방을 준비하는 것이 좋다.

이를 'TT(Time Trial) 사이클 가방'이라고 한다. 자전거 포
장 박스에 자전거를 넣고 박스테이프로 묶어서 가져가는 방
법도 있지만 이것은 전용 가방이 나오기 전에 사용했던 방법
인데 도착해서 다시 조립해야 하는 번거로움이 있었다.

자전거 가방을 구입할 때는 키와 인심(발에서 가랑이 안쪽
사이까지의 길이)을 재고 사야 한다. 자전거 휠만 빼고 고정
할 수 있으며 바퀴와 손잡이가 있어서 일반 캐리어처럼 끌
수 있다.

가격이 천차만별인데 하드 케이스는 안전한 대신 그 자체 무
게가 많이 나간다. 천 가방 형태의 가방은 무게는 얼마 안 나

가지만 제품 자체의 안정성은 떨어지는 편이다. 본인에게 맞는 가방을 선택해서 고가의 사이클에 이상이 생기지 않도록 주의하길 바란다. 그리고 자전거에 펑크가 났을 때 응급 처치로 공기를 주입할 수 있는 장치가 있다. 이 장치는 기내 반입이 안 되니 시합 전 현지 엑스포에서 구매해야 한다.

2. 그 외 필수 장비

헬멧 : 날씨에 따라 준비해야 하는 헬멧이 다르다. 더운 곳에서는 구멍이 있는 헬멧이 더 시원하다. 요즘은 구멍이 거의 없는 둥그런 형태도 선호하는데 헬멧의 뒤쪽 꼬리 부분이 길게 빠지는 에어로 헬멧 등 다양한 형태의 헬멧이 있다. 하지만 아무리 좋은 헬멧도 사이클 검차에서 손상이 발견되면 사용할 수 없다는 판정을 받을 수 있다. 이렇게 되면 다시 새로운 헬멧을 준비해 와야만 한다. 따라서 본인의 안전과 직접적으로 연결되는 헬멧은 파손이 없는 제품으로 준비해야 한다.

슈트 : 시합복 외에도 운동복을 여벌로 준비해주면 현지에서 코스 답사 및 여러 훈련으로 인한 빨래가 생겼을 때 갈아입기 좋다. 사이클 슈즈는 탈부착이 가능해야 한다. 못 빼면 넘어질 수 있기 때문이다.

여분의 옷가지 : 해외에서 여러 가지 기상 이변을 겪는 경우가 많아서 더운 날씨인 나라인데 갑자기 추워지는 경우도 있고, 추운 날씨가 갑자기 더워지는 이상 현상이 있을 수 있다. 사계절에 대응할 만한 옷가지들을 챙기는 것이 좋다.

여분의 식료품 : 힘들게 참여한 해외 시합인데 현지 음식이 입에 맞지 않아 고생하는 사람들도 있다. 그래서 평소 즐겨 먹는 반찬 등 한식을 조금 챙겨간다. 라면 포트를 이용하면 햇반을 데워먹을 수 있다. 소형 밥솥으로 현지에서 쌀을 사서 밥을 해먹는 방법도 있다. 아니면 현지에서 집을 렌트해서 숙소로 이용하는 경우도 있다. 그때는 마트를 이용하여 신선한 고기와 야채 과일등을 먹을 수 있다.

상비약 : 대회 참여 시에는 반드시 본인이 먹던 약이 있다면 챙겨가길 바란다. 갑작스런 통증에 대처가 어려운 경우도 있을 수 있다.

쟁반, 과도, 돗자리 : 쟁반이나 과도는 현지에서 과일을 먹기에 좋다. 돗자리도 시합 전 엑스포에서나 자전거 검차를 위해서 기다릴 때, 시합이 끝난 뒤 가족과 관광을 다닐 때 사용하기에 좋다.

3. 보험료 및 캐리어 무게 확인

보통 현장에서 스포츠 장비에 따로 보험비를 내야 하는 경우도 있고 규격에 따라 추가 비용을 내는 일도 있기 때문에 항공사마다 어떤 조항이 있는지 미리 확인을 해주는 것이 좋다. 나는 보통 비어있는 상태의 큰 백팩과 기내 반입 가능한 캐리어를 챙겨 가는데 무게가 오버 되었을 때 짐을 나눠 담을 수 있기 때문이다.

해외 시합에서는 그 나라의 큰 축제인 경우가 많아서 엑스포도 성대하게 열린다. 특히 시합이 끝난 다음 날 같은 경우에는 저렴하게 세일을 해서 판매를 하는 경우도 많다. 때문에 생각보다 무게를 초과하게 되는 경우가 있으니 주의하는 것이 좋다.

2012년 7월 8일 제주 철인3종 대회

첫째 아이가 보름 후 태어날 예정이라 제주도를 함께 가야 하나 걱정이 많았다. 하지만 국내에서 장거리 시합이 매우 드물다는 것을 생각해보면 제주 대회는 '철인 3종'에 걸맞은 몇 안 되는 시합이었다. 아내는 무거운 몸을 이끌고 기꺼이 함께 제주도로 와주었다. 혹시 가는 길에 아이가 태어나면 어쩌나 걱정도 많았다. 하지만 이런 걱정은 막상 제주도에 도착하고 보니 많이 누그러졌다. 두말할 필요 없이 제주도는 아름다운 풍광으로 유명한 관광지다. 그만큼 시합을 관전하는 갤러리로서도 즐거운 경험이 될 수 있다.

새벽 3시 45분, 숙소에서 일어났다. 숙소 앞에 예약해둔 음식점에서 성게 미역국을 먹었다. 리본 처자의 도움을 받아 시합 모드로 세팅을 받고 오전 5시 수영 스타트 지점인 화

순 금모래빛 해수욕장으로 이동했다. 작년에 70.3 KOREA 를 뛰어봐서 수영 걱정은 좀 덜 했다. 드디어 바꿈터 도착. 자전거에 요깃거리들을 장착하기 시작했다. 초코바, 커피, CCD 젤 등이다. 철인 3종에서는 먹는 것도 전략이다.

준비를 모두 마치고 STM 윗슈트를 입고 수영 웝업을 시작 했다. 웝업은 자유형 50m, 킥 50m, 원암드릴 50m, 자유형 50m로 마치고 준비 끝. 이제 스타트만이 남았다.

시합이 시작됐다. 프로라는 약간의 어드밴티지가 있어 몸싸 움 없이 스타트 할 수 있었다. 문제는 레인이 조류에 쓸려 타 원형 모양으로 변형되어 있던 것이었다. 스타트를 약간 레인 바깥쪽에서 안쪽으로 방향을 잡았는데 주위 사람들은 내가 너무 크게 도는 것 같아서 걱정했다고 했다. 사실 눈이 좋지 않아 뭍으로 올 때도 앞이 잘 안 보였다. 평소보다 기록이 약 3분 정도 더 나왔다. 어쩔 수 없다고 생각했다.

사이클 출발은 긴 언덕을 넘어가는 것으로 시작했다. 오르막 은 약 5km가 넘는 듯했다. 약간의 평지가 있지만 거의 느낄 수 없었다. 물론 이후에 펼쳐진 내리막은 오르막에 올라선 사람들만이 받을 수 있는 큰 선물이었다.

색달에서 중문까지 잘 나갔다. 중문에서 월드컵경기장과 서귀포 시내를 통과하고 속도가 붙는 코스로 접어드는데도 생각보다 느렸다. 예전엔 약 60km/h로 갔던 것으로 기억했는데 이상하게 50km/h를 넘기 힘들었다. 파워는 약 220~230watts로 갔다. 사실 이번 사이클은 파워(watts)만 보고 타기로 맘먹었다. 훈련 역시 속도보다는 파워로 훈련을 했다. 그래서 훈련한 만큼만 나왔으면 하는 바람이었다.

그렇지만 선두는 상상 이상으로 고통이 많이 따랐다.

준비한 보급은 나쁘지 않았다. 중간중간 보급소도 잘 이용하자는 생각을 했지만, 여기에 문제가 있었다. 보급소에 물이 없었다. 선수들의 레이스 속도에 맞춰서 보급소 운영이 빠르게 움직이지 못하다 보니 생긴 문제인듯했다. 더운 날 물도 못 받고 타려니 몹시 힘들었다.

이래저래 60km 지점까지 노말 파워 222w를 지켰다. 산록 도로와 긴 내리막 때 떨어지는 파워를 감안하면 괜찮은 수치였다.

물론 진정한 아이언맨은 등수로 정해지는 것이 아니다. 기나긴 레이스. 훈련량에 비례해 한 치의 오차도 없는 시합 기록. 자신이 수긍할 수밖에 없게 만드는 정직한 스포츠다. 이 운동을 누구보다 사랑하는 나에게 시합에 참여하는 모든 아이언맨은 자신과의 싸움을 이겨낸 사람이다. 기록이 느리던, 빠르던 말이다.

이제 난산, 성읍 쪽으로 들어가면서 맞바람이 불어야 했는데 바람 방향이 바뀌어서 살짝 뒷바람이 불었다. 바람 방향은 편했지만 목표 사이클 기록은 점점 멀어져 갔다. 그래도 아직 많이 남았으니까 화이팅을 외치며 달렸다.

성읍을 지나 100km를 지나 돈네코 언덕이 다가왔다. 5분 이상의 언덕은 245watts ±10으로 넘어갔다. 언덕에서 약한 내 디스크를 생각해서, 댄싱(핸들 바를 좌우로 흔들며 타는 것)으로 꾸역꾸역 넘어갔다. 허벅지가 터지는 줄 알았다.

언덕을 넘어가지 산록 도로가 나타났다. 롤러코스터 같은 코스였다. 개인적으로 여기가 제일 힘든 코스 같았다. 코스 끝에는 약간의 휴식이 있지만 다시 언덕이 나왔다. 120km 지점을 통과했을 때 예상 시간보다 11분이 늦었다는 걸 알았다. 후반을 생각하며 긴 내리막 때 조금이라도 당겨 보자는 생각에 조금씩 밟으면서 달렸다. 마침내 눈앞에 아찔한 내리막이 보였다. 순간 나는 이성의 고삐를 놓았다. 평소엔 안전하게 내려가는 게 목적이지만, 겁을 상실하고 신나게 달렸다. 내리막을 다 내려왔을 때 남은 거리는 40km. 12시가 약간 넘은 시간이었다.

노말파워도 좀 떨어져서 212watts까지 내려왔다. 음식과 음료 모두 다 먹은 상태였고, 올해도 기록은 지나갔다는 생각이 들었다. 그저 보급소까지만 열심히 가자는 생각으로 달렸다. 165km지점, 사이클 구간 마지막 보급소가 보였다. 시합 때 배고픔을 느끼면 그걸로 끝이라 물, 게토레이, 바나나를 모두 집어 들었다. 늦은 감이 있지만 더 힘들기 전에 빠르게 섭취하며 마지막 15km를 열심히 달렸다. 기록은 5시간 10~11분 정도. 선수가 되기엔 아직 멀었구나, 훈련을 더 해야겠다는 생각이 저절로 들었다.

그래도 긍정의 힘으로 사이클 오버페이스를 안 했다는 것에 위안을 삼고 탈의실에서 달리기 준비를 하고 뛰어갔다. 하지만 달리기 시작부터 걱정이 좀 됐다. 런 백(달리기 가방)에 준비한 CCD 젤은 얼마 안 가서 다 흡입해 버렸고, 39km가 남았기 때문이었다. 첫 바퀴에 65분 정도가 걸렸다. 이 정도만 유지해도 괜찮은데 하면서 오만가지 생각이 들었다. 두 번째 보급소에서는 선 채로 머리부터 물을 들이부었다. 다음 보급소도 마찬가지로 멈춰 섰다. 그리고 천천히 걸었다.

큰 시합에서 걸어보는 것도 처음이었다. 머릿속엔 사랑하는 아내, 아기, 가족들이 생각났다. 2번째 바퀴 반환점을 지나서 얼마 안 돼 다른 선수가 보였다. 드디어 왔구나. 이제 남은 거리 20km를 어떻게 뛰지 하는 생각이 드는 찰나에 추월을 당했다.

1분 동안을 서서 가만히 쳐다보고 있었다. 작년 월드 챔피언십 당시에 만났던 캐롤라인 스테판이 생각났다. 늘 나보다 앞선 선수를 뒤쫓아 갔을 뿐 내가 앞서나가는 입장에 서본 경험은 없었다. 캐롤라인 스테판도 이런 상황이었겠구나 하는 생각이 들었다. 다시 정신 차리고 가보자고 마음먹었다.

다시 뛰어보자. 나는 철인을 사랑하는 선수다. 아이언맨은 완주 자체가 소중한 도전 아닌가.

순위가 밀릴 것 같다고 포기하는 건 있을 수 없었다. 다시 뛰기 시작했다. 앞만 보고 뛰었다. 앞 선수와의 격차 거리는 100m에서 150m 사이였다.

보급소도 콜라 한 병 들고 조금씩 마셨다. 내 눈엔 아무것도 안 보였다. 오로지 앞만 보고 뛰었다. 이제 남은 거리 한 바퀴 14km. 리본처자가 보였다. 만약 포기해서 걷고 있었으면 아내에게 너무 미안했을 것 같다. 그녀는 시합에서 몇 등을 하던 자신에게는 당신이 항상 일등이라고 말해주는 사람이다. 마음속으로 "여보 나 최선을 다 할게, 우리 아기에게 떳떳한 아빠가 될게요." 하며 다시 마음먹고 뛰었다.

얼마 안 가서 나를 추월했던 선수가 내 바로 앞에 와 있었다. 그도 힘든지 여자 프로 선수 뒤에 붙어서 바짝 따라가고 있었다. 나는 조금 떨어져서 그의 등 뒤에서 왔다 갔다 하면서 추월을 하려 했다. 하지만 계속 제자리였다. 이러다 내가 지칠 수 있어서 제 페이스대로 뛰기 시작했다. 약 4km를 뛰다 반환점이 보였다. 그때였다. 왼쪽 무릎 뒤쪽이 갑자기 너무 아프기 시작했다.

참을 수 있는 통증이 아니었다. 남은 거리 6.5km. 결국 다시 멈춰 섰다. 빨리 스트레칭으로 다리 근육을 풀어주는 것 밖에 없었다. 다시 다리가 움직였다. 거리는 다시 300m 정도 벌어졌다. 남은 거리 6km. 다시 이를 악물고 뛰기 시작했다. 몸에 남은 기운을 다 모아서 뛰었다.

보급소에 들려 더위를 식히고 다시 뛰기 시작했다. 인생이란 멀리서 보면 희극 가까이서 보면 비극이라고 하던가. 관객이었다면 정말 흥미진진한 경기였겠지만 나에게는 정말 힘든 싸움이었다. 지쳐 가기 시작했다. 이제 작은 언덕만 지나고 오른쪽에 주유소만 지나면 e-mart가 보일 것이었다.

이제 남은 거리 1km. 점점 이마트가 가까워지고 남은 거리 400m. 나는 그저 내 페이스로만 갔다. 포기하지 않고 끝내 완주했다. 9시간 34분 42초. 잊지 못할 또 하나의 대회가 됐다. 1등은 못했지만 아쉬운 것은 없었다.

리본처자가 들려주는 대회 후기

After 제주

2012년 당시에 만삭의 몸으로 시합에 같이 갔는데 남편이 본인이 원하는 기록을 내지 못해서 너무 속상해했어요. 그래서 열심히 위로를 해주고 온 기억이 나요. 사람에겐 잘하고 싶은 마음이 있고 그 마음이 강할수록 목표를 달성하지 못했을 때 크게 실망하기 마련이죠.

2013년 시합에서는 남편이 우승했을 때는 아이와 함께 피니시 순간을 같이해서 더 즐거운 추억이 있어요. 추억이라고 말하니 또 다시 한번 제주에 가고 싶네요. 아이들이 놀기에도 좋은 곳이 많아서 가족들과 함께하기 훌륭한 시합이에요. 시합 후에 박물관도 가고 바닷가도 갔죠. 고생한 남편과 함께 아이들도 같이 관광을 할 수 있어서 특히 좋아하는 시합장이에요. 보다 세계적인 시합으로 거듭나길 바라는 국내 명소입니다.

2012년 8월 12일 해양스포츠제전 대회

토요일 날 점심때쯤 부안으로 출발했다. 방금 마친 훈련으로 다리가 아직 얼얼했다. 점심을 자장면으로 배를 채우고 출발했는데 차도 막히고 눈꺼풀은 천근만근이었다. 커피 1리터짜리를 사서 마시면서 겨우겨우 운전해서 갔다.

숙소는 격포 해수욕장이 바로 보이는 채석강 호텔이었다. 선수 등록 및 검차를 모두 마치고 백합죽을 저녁으로 먹었다. 저녁을 먹고 주변을 소화시킬 겸 돌아다니다 달리기 코스를 봤는데 코스가 남산 순환코스와 비슷했다. 달리기는 힘들겠다는 생각이 저절로 들었다.

숙소에 돌아와서는 배번을 달면서 타투를 붙였다. 붙이기 쉽고 개성도 있었다. 언젠가 아이언맨을 상징하는 로고를 새기고 싶어서 리본처자에게 넌지시 물어보자 "여보, 그거는 좀 참아주세요."라고 했다. 알겠다고 했다.

대회 당일 오전 4시 50분에 일어났다. 일어나서 아침을 든든히 먹고 오후 5시쯤에 산책을 하면서 숙소로 올라오는데 하늘에 구멍이라도 뚫린 듯 비가 내렸다. 폭우 때문에 걱정했지만 시합 시간이 가까워 왔을 때는 언제 그랬냐는 듯 해가 쨍하게 떠 있었다. 자리를 찾아 자전거 거치를 하고 바구니에 필요한 물건들을 담아서 바다로 향했다. 달리기할 때 신을 러닝화, 배번, 모자 등이었다.

웜업을 마치고 뭍으로 나와서 출발 준비를 했다. 스트레칭으로 근육을 풀고 있었다. 첫 스타트는 남자 엘리트 선수들이 끊고 이어 여자 엘리트 선수들 그리고 주니어 선수들이 출발했다. 제일 마지막으로 동호인 선수들이 출발했다. 해변가가 얕아서 수영을 하려면 많이 뛰어 들어가야 했다.

수영을 마치고 나왔을 때 외국인 선수 한 명과 같이 나왔다. 앞 선수와는 1분 30초 정도 차이가 났다. 전환을 쉽게 이어 갔고 달릴 일만 남았다. 모든 것이 순조로워 보였다. 문제는 약 3.5km 정도에서였다. 가서 우회전을 하는데 자전거 앞바퀴 나사가 '빡'소리를 내며 떨어져 나갔다. 지금 생각해봐도 왜 이런 일이 생겼는지 알 수 없다. 어쨌든 간신히 바닥에 떨어진 너트를 찾아서 다시 조였지만 몇 번을 다시 해봐도 헛돌기만 했다. 이럴 땐 어떻게 해야 하지? 당황스러웠다. 다행히 인근에 농기계점이 있었고, 주인아저씨께 물어봤다. 아저씨는 나사골을 다시 내보자고 했다. 나사골을 다시 내보고 조였지만 역시나 실패했다. 미칠 노릇이었다. 자세히 보니 큐알 너트 안쪽이 마모돼서 안 돌아가는 것이었다. 어쩌지? 포기해야 하나? 뒤에 선수들은 모두 나를 추월해갔다.

"혹시 맞는 너트 있을까요??"

"찾아봐야지."

"네~ 좀 찾아 주세요."

거의 8분은 간 거 같았다. 가민 데이터를 봐도 그 정도. 다행히 어찌어찌 수습이 되어 불안감을 가득 안고 페달을 밟았다. 손해난 시간을 보충하기 위해 미친 듯이 달렸다. 준비해 둔 음료는 다 마셔 버렸다. 앞 선수들은 이미 잡을 수 없을 만큼 거리가 멀어졌다. 한 가지 생각만 하기로 했다. 열심히 하자. 내 사전엔 포기는 없다. 그렇게 다시 열심히 달렸는데 긴 언덕 코스가 유난히 더 힘들었다.

한 바퀴를 마치고 두 바퀴째부터 다시 목이 말라 왔다. 중간 중간 자원봉사자분에게 물어봤지만 다들 가지고 있는 물이 없었다. 중간에 바꿈터로 들어가야 했는데 코너를 돌아가자마자 내리는 지점이 잘 안 보여서 지나치게 됐다. 결국 15초 페널티를 먹고 다시 출발했다. 유난히 이런 예상치 못한 문제와 자잘한 실수들이 나를 힘들게 했다.

달리기 코스는 딱 남산 순환코스 같았다. 언덕, 내리막, 언덕, 내리막. 생각을 비우고 뛰었다. 그렇게 2바퀴를 돌고 골인.

4번째로 들어왔다. 결과는 마음에 들지 않았지만 끝까지 포기하지 않았기에 그나마 이런 결과가 있는 거라는 생각이 들었다. 이렇게 부안대회를 마치는가 했다. 그런데 시합이 다 끝나고 한 가지 사건이 더 있었다.

같이 철인 운동을 좋아하고 사랑하시는 선배님이 시합 도중에 돌아가셨다. 아버지와 같은 나이였다. 고인의 명복을 빌며 생각했다. 죽음을 피할 수 있는 사람은 없을 것이다. 철인이라 해도 말이다. 그렇다고 해서 우리 모두가 절망을 안

고 살아가진 않는다. 죽음은 막을 수 없지만, 그 길로 향해
가는 길은 선택할 수 있다. 죽음이 있기에 우리는 매 순간 좌
절을 겪으면서도 최선을 다하며 살아갈 것이다.

2012년 9월 여주 그레이트맨 대회

여주 그레이트맨 대회 코스는 기록 내기 좋은 경기다. 바람만 불지 않는다면 말이다. 일기예보를 계속해서 살펴보며 휠셋을 어떻게 해야 할지 고민했다. 대회 전날 자전거 정비를 다 받고 금요일 정오쯤 여주로 출발했다. 일찍 와서 검차도 받고, 숙소도 좋은 곳으로 잡고 휴식을 취했다.

오후 5시 30분쯤 대회장에 도착해서 달리기 코스도 가볍게 뛰어봤다. 초반 보급소는 바로 가까이에 있었다. 조깅을 하면서 동료 철인들과 이런저런 얘기도 했다. 조깅을 마치고 수영 피니시 지점 바꿈터 등등 이곳저곳을 둘러봤다. 여주대회 코스는 거의 평지라 기록 내기 좋았다. 내 목표는 9UNDER였다. 컨디션도 지난 제주 아이언맨 때보다 좋았다.

저녁을 먹고 편의점에 들러 죽과 밥을 산 뒤 숙소로 왔다. 그런데 날이 얄궂었다. 바람이 점점 세지면서 비도 내릴 것 같앞다. 잠이 들어서도 새벽 비바람 소리에 잠깐잠깐 깨면서 걱정이 앞섰고 결국 새벽 4시에 일어났다. 죽과 밥을 데워서 배를 좀 채우고 스트레칭으로 몸을 깨웠다.

새벽 5시 40분쯤에 대회장으로 이동했다. 준비할 건 그리 많지 않았다. 미리 숙소에서 자전거 준비를 다 했고 타이어 공기도 빵빵하게 넣어 두었기 때문이다. 런 백만 준비하면 끝. 다행히 비는 안 오고 바람도 약한 바람으로 변해 가고 있었다. 수영 스타트 지점으로 이동했다. 대회 시작은 약 7시가 넘은 시각. 탕- 하는 총소리와 함께 출발했다. 수영코스는 3.8km를 내려오는 느낌으로 갔다. 남한강 수온은 딱 적당했다.

이번 대회는 준비를 많이 한 경기였다. 하지만 훈련은 훈련일 뿐. 실전은 많은 변수가 있다. 이번 경기에서 수영은 부표가 없이 거리 표지판만 드문드문 있었다. 알아서 잘 찾아가야 했다. 늘 그랬듯, 눈이 좋지 않아 수영할 때 걱정이 많았다. 그런데 이번 대회 수영 기록은 46분 24초가 나왔다. 그동안 내 수영 기록과 비교해봤을 때 빨라도 너무 빨리 나온 느낌이었다. 정말 상쾌했다.

곧바로 사이클로 갔다. 수영 기록이 좋으니까 덩달아 기분도 좋고 컨디션도 좋아졌다. 이번 사이클 목표 파워는 210w와 4시간 40분대 기록이었다. 하지만 맞바람이 계속 불어서 목표를 이루지는 못했다. 바람이 심해서 이번 대회 때 드래프팅(앞 선수 자전거 뒤에 붙어 공기저항을 줄이며 달리는 것)이 많을 줄 알았지만 그렇지는 않았다. 드래프팅 하는 모습을 보지 못한 한국 시합은 이번이 처음이었다. 하와이 코나에 온 듯한 마음이 들어 뭉클하니 소름이 돋았다. 하와이는 페널티가 엄격하기에 드래프팅을 하지 않았을 가능성도 농후하다. 하지만 국내 시합에서 심판 없이도 모든 사람이 룰을 지키는 모습은 절로 고개가 숙어지게 했다.

사이클은 7LAP이었다. 첫 바퀴째 보급에서 바나나를 먹으려고 했는데 없었다. 대회 중에는 이렇게 예상치 못한 일이 늘 벌어진다. 첫 바퀴를 돌면서 운영진에게 옆 보급소에 바나나 하나만 달라고 부탁했다. 뒤늦게 생각해보면 이것도 외부의 도움을 받은 것이라 이 자리를 빌려 죄송하다는 이야기를 드리고 싶다. 당시에는 대회 운영진이 준비한 건 먹어도 된다고 생각했다. 아무튼 보급소 준비는 잘 해줬으면 한다. 선두 그룹은 보급을 못 받는 일이 꽤 많다.

사이클을 진행할수록 바람이 점점 강해졌다. 나는 최대한 에어로 자세(바람을 피하기 위한 자세)를 유지하려 했다. 나는 체구가 작아서 큰 사람보단 유리할 거라는 생각이 들었다. 그렇게 사이클 기록은 4시간 56분 24초. 노말 파워는 204W 정도가 나왔다. 전체적으로 나쁘진 않지만 바람 때문에 아쉬움이 많이 남는 기록이었다.

사이클을 끝내고 바꿈터로 들어오는 시각을 보니 5시간 43분. 잘하면 9UNDER 할 수 있겠다 싶었다. 곧바로 출발했다. 컨디션은 좋았다. 기분 좋게 웃으면서 잘 뛰어보자는 마음으로 달려나갔다. 대회 주로에는 많은 서포터 분들이 응원을 하고 있었고, 다시 한번 힘을 냈다.

5.5km 반환점에 다다랐을 때 화장실에서 일을 보다가 문제가 생겼다. 바지에 끼워둔 젤이 변기 속에 떨어진 것이다. 맙소사. 마지막 에너지였는데. 다른 철인들은 나와 같은 이

런 민망한 실수를 하지 않길 바란다.

첫 바퀴는 47분 정도 나왔다. 화장실만 안 갔어도 나인 언더 (9Under)가 가능했을지도 모른다는 생각이 들었다. 나중에 리본처자에게 첫 바퀴에 화장실 간 얘기를 했더니 농담 삼아 '다음 시합 때는 호근이 기저귀를 차고 뛰라'는 조언을 해 줬다. 두 바퀴째도 47분. 컨디션과 발걸음도 괜찮았다. 이제 딱 21km 남았다는 생각이 들자 더 힘이 났다.

보급소는 다섯 군데로 많았다. 그러나 보급소 간의 거리가 일정치 않아서 긴 거리를 보급 없이 뛰는 게 좀 힘들었다. 세 바퀴째는 45분 정도 뛰어야 9UNDER가 가능했는데 49분이 나왔다. 스피드 훈련을 안 해서 그런가? 이런저런 생각이 들면서 마지막 바퀴를 뛰었다. 뛰면서 자세는 절대 흐트러지지 않게 잡고 갔다. 보폭 피치 자세는 나쁘지 않은 것 같았다. 다시 힘을 내면서 뛰었다. 최종 기록은 9시간 4분 55초. 내 최고 기록이었다. 그리고 대한일보 신문 기사를 통해 우리나라 신기록을 수립했다는 것을 알게 되었다.

리본처자가 들려주는 대회 후기

After 여주

여주는 경기도 여주 이포보에서 시합이 개최되고 시합장 옆에 캠핑장이 있어서 아이들은 시합보다는 캠핑하는 재미로 즐겨 가는 곳입니다. 서울에서 가깝기도 하고 텐트를 치고 놀면서 기다릴 수 있어서 좋습니다. 시합을 참가하는 입장에서는 사이클과 달리기를 여러 바퀴 돌아야 해서 좀 어려움이 있을지도 모르겠습니다. 하지만 관전하는 갤러리 입장에서는 어디서 수영하고 어디서 사이클 타는지도 모르는 시합보다는 눈에 계속 보이는 시합이 더 즐거운 건 사실이에요. 잘 뛰고 있는지 표정은 어떤지 확인할 수 있고 사진도 촬영할 수 있어서 좋고 국내인만큼 온갖 배달 음식을 시켜 먹을 수 있습니다. 배달 민족의 힘과 편리함을 새삼 느낄 수 있죠. 더운 날씨에 힘겹게 뛰는 남편에게는 미안하지만 전화만 하면 어느 텐트든 맛있는 음식을 가져다줍니다. 심지어 아이스박스를 걸고 다니면 판매하는 추억의 아이스께끼도 먹을 수 있죠. 그래서 여주 시합은 저보다도 아이들이 더 같이 가고 싶어 하는 시합이에요.

시합날 본인의 클럽이나 지인들이 준비한 음식들을 해 먹고 응원하는 모습도 보기 좋습니다. 시합 마치고 고기도 구워 먹고 술 한잔 하면서 회포를 푸는 모습도 정겹습니다. 당연한 이야기겠지만 캠핑을 위해 그늘막 텐트와 돗자리를 꼭 챙겨가시길 바랍니다.

2012년 통영 대회

이번엔 철인 5명과 함께 1박 2일 여행처럼 통영으로 갔다. 아침 6시 10분에 출발. 날씨는 선선하고 좋았다. 통영까지는 384km. 토요일 오전 11시에 엘리트 남자부가 열렸다. 당연한 말이겠지만 누구보다 엘리트 대회를 보고 싶어한 사람은 나였으니 운전은 내가 했다. 오전 10시 30분쯤 통영 대회장에 도착했다. 아내는 KBS에서 방영했던 〈남자의 자격〉 철인 3종 시합 때 연예인들을 테이핑 해주기 위해 먼저 통영에 가 있었다. 함께 수영 스타트 지점으로 가서 구경했다. 엘리트 선수는 2LAPS 중 1LAP이 끝나면 다시 다이빙 입수를 한다. 우리나라 대표 김지환 선수가 5위로 멋지게 골인 했다.

점심은 통영에서 유명한 굴밥집에서 배를 채웠다. 등록하고 검차까지 마쳤다. 사실 보통 같으면 대회 전날은 푹 쉬어야 하는데 이번 통영대회는 맘이 그렇지가 않았다. 친구들도 데리고 왔으니 즐겨보자는 마음이었다.

저녁 7시 30분에 숙소에 들어왔다. 한 시간 동안 짬을 내어 리본처자가 테이핑을 해주고 관절을 만져줬다. 릴레이 팀들도 모두 테이핑을 받았다. 그리고 다시 리본처자는 '남자의 자격'에 출연한 방송 멤버들을 테이핑 해주러 갔다. 나를 포함한 팀원과 동료들은 내일을 위해 일찍 잠자리에 들었다.

새벽 4시 5분에 일어나 편의점에서 죽과 햇반으로 배를 채웠다. 대회장 갈 준비를 하고 사이클로 이동했다. 거리는 약 4.5km 정도였다. 자전거를 거치하고 가볍게 달리기를 하고 슈트를 입고 수영 웜업을 하러 갔다. 웜업은 아주 가볍게 킥 25M 자유형 50M 두 세트를 마쳤다.

7시 주니어 출발로 동호인 대회가 시작됐다. 나는 동호인 엘리트라 7시 1분에 출발했다. 이번 대회는 모두 1LAP 씩이라 다른 체급의 선수들과 섞일 일이 없어서 다행이었다. 출발부터 속도는 빨랐다. 50M쯤까지는 옆에 선수들도 많고 몸싸움도 약간 있었다. 심박도 괜찮고 투킥, 식스킥을 섞어 가면서 따라가려 했다. 그런데 간격이 조금씩 벌어지기 시작했다. 두 번째 부표를 돌고 보니까 선두가 약 70~80M 정도 앞에 있었다.

중간중간에 내 밸런스가 깨지는 것이 느껴졌다. 밸런스가 좋아도 따라갈까 말까인데. 그래도 차이를 줄이려고 최대한 열심히 따라갔다. 수영을 마치고 올라왔을 때 선두와 2분이 차이가 난다는 걸 알았다. 사이클에서 열심히 잡아보자는 생각으로 달렸다. 이번 대회는 코스에 언덕이 많아서 로드 사이클로 가지고 왔다. 그런데 누군가 드래프팅을 하려고 하는 게 보였다. 이런 사람들에게 꼭 하고 싶은 말이 있다. 나를 앞질러 가는 건 좋다. 나보다 파워가 좋다는 거니까. 그런데 잠시라도 뒤에 있다는 건 드래프팅이고 반칙이다.

드래프팅으로 인한 겹치기 낙차(자전거에서 떨어지는 것)는 자칫 굉장한 사고로 이어질 수 있다. 모두의 안전을 위해서라도 절대 하지 않길 바란다.

이번 경기에서 나는 사이클을 타면서 언덕이 힘들다고 느꼈다. 아직 컨디션이 100%가 아니라는 걸 알았다. 그래도 최선을 다해서 탔다. 달리기 시작은 가벼워서 잘 뛰었다. 해안

가를 따라 뛰다 보니 바닷바람이 불어 10km가 멀게 느껴졌다. 경치는 좋지만 빨리 반환점이 보였으면 했다. 다른 선수들에게 잡히지 않고 골인! 시간은 2시간 11분. 하지만 마음에 안 드는 기록이라고 투덜대자 리본처자가 말했다.

"꼭 반에서 일등 하는 애들이 잘해놓고도 점수 조금 마음에 안 든다고 성적표 던지는 거 같아."

할 말이 없었다. 훈련과 대회에서 배우는 것만큼 아내에게도 배우는 게 많다고 느꼈다.

리본처자가 들려주는 대회 후기

After 통영

10월에 열리는 이 시합은 전 세계 올림픽 코스 선수들이 동호인 시합 전날 시합을 뛰는 모습도 볼 수 있는 시합입니다. 참여하는 철인도 많고 가족까지 함께 만날 수 있는 거의 한 해를 마무리 하는 시합이죠. 아이들과 엑스포도 구경하고 통영 꿀빵 같은 맛있는 음식을 먹으면서 멋진 바다를 보는 시합이기도 하고요. 생각보다 코스가 오르막이라 어렵다고 하는데 그래도 많은 분이 처녀 출전이라 불리는 첫 시합으로 많이 참가하시는 것 같아요.

통영까지 가는 길이 멀지만 먼 길을 도착해서 보는 통영 바다는 정말 멋집니다. 시합 후에 케이블카도 타고 관광을 할 수 있는데 바람이 세게 부는 날씨의 변화가 있을 수도 있는 곳이라 따뜻한 옷도 준비해 가시면 더 좋을 것 같아요.

리본처자가 알려주는 컬러 테이핑

테이프로 부상을 예방할 수 있어요

직업적으로, 철인 3종 선수 아내로서 많이 컬러 테이핑을 하다 보니 이런저런 실무 경험들이 쌓였습니다. 이 글을 통해 도움을 받는 사람들이 생겼으면 합니다.

컬러 테이핑이란 기존의 적용하던 테이핑과는 다르게 몸에 맞는 색깔을 오링테스트로 찾아낸 뒤 테이핑을 시행하는 방법을 말합니다. 오링테스트는 어깨와 팔꿈치까지는 몸에 붙인 상태에서 팔꿈치는 직각으로 하고 엄지손가락과 약지 손가락의 손끝만 닿은 상태로 동그란 형태의 모양을 만들고, 검사자는 양 손가락의 두 번째 마디 부분을 잡고 오링 모양이 유지되지 않도록 떨어뜨립니다.

양손 모두 오링테스트를 거치게 되며 손가락이 잘 떨어지는 손이 검사 손이 됩니다. 반대 손에 다양한 색상의 테이핑을 올려놓고 잘 떨어지는 손을 기준으로 오링테스트를 시행하게 됩니다. 손가락이 잘 떨어지지 않는, 힘을 더 잘 받는 색을 선택해 테이핑하는 것입니다.

1. 컬러 방향 테이핑의 요법

오링테스트를 통해 몸에 맞는 컬러를 결정한 후 그 컬러에 맞는 테이핑을 이용하여 적용할 수 있으며 근육의 방향도 오링테스트로 확인한 후 적용하게 됩니다. 즉 컬러와 방향 두 가지를 모두 찾아서 적용하는 테이핑 요법입니다.

방향을 중요시하기에 근육의 '기시와 정지'●라는 해부학적 정보를 정확하게 알지 못해도 쉽게 적용할 수 있으며, 신체의 해부학적 특성, 운동 기능적 특성, 각 부위의 크기와 형태 등을 고려하여 감아주는 처치법이 컬러 방향 테이핑입니다.

● 뼈에 부착된 근육이 몸의 중심부에 가깝다면 기시(origin)라고 하고 몸의 중심부에서 멀다면 정지(insertion)라고 합니다.

2. 테이핑을 하는 이유와 적용 방법

테이핑을 이용하는 가장 큰 이유는 부상의 예방, 부상 부위의 재발 방지, 재활 치료, 훈련 시 고정, 응급처치 등입니다. 또 관절 가동범위를 제한하고, 관절의 고정, 근육의 압박, 인대와 건 등을 보강해주는 효과가 있습니다.

테이핑을 적용 전에 피부의 땀과 오염물질 등을 깨끗하게 씻어내고 건조시킵니다. 테이핑 부위에 찰과상이 있으면 직접적으로 테이프가 닿지 않도록 거즈 등을 덮어서 환부를 보호해 준 다음 처치해야 합니다. 체모 위에 적용 시 접착이 잘되지 않고 테이핑 효과가 떨어질 수 있으므로 체모를 제거하는 것이 좋습니다.

적용 부위에서 시작점을 기준으로 가로로 붙일 때는 테이핑을 80%가량 늘려줘도 되며 시작 부위와 끝부분을 당기지 않습니다.

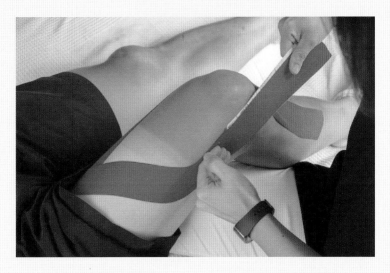

세로나 대각선 방향은 20~30% 가량 늘려서 적용한다.

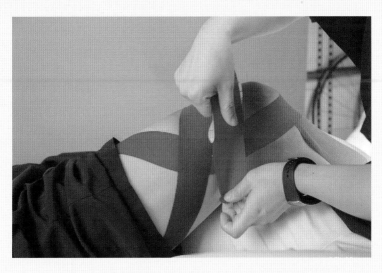

세로나 대각선 방향은 20~30% 가량 늘려서 적용한다.

3. 테이핑의 효과 및 부작용

테이핑의 효과는 다음과 같이 구분할 수 있습니다. 인체의 관절을 제한해 운동을 해도 되는 부분까지만 관절을 움직이도록 하는 가동 제한 효과, 관절을 조정하고 골격구조를 정상적인 상태로 유지하는 효과, 근육의 전체 또는 부분을 압박하는 효과, 인대 또는 힘줄이 더 큰 힘을 주도록 하는 효과, 통증 완화와 부상 방지의 효과가 있습니다.

테이핑의 부작용은 피부 마찰로 인한 가려움 정도 외에는 없습니다. 가려움을 느끼면 테이핑을 바로 제거해 주는 것이 좋습니다. 처치가 장기간 계속될 경우 피부가 과민해지므로 손상 방지를 위해 휴식기를 주는 것이 필요합니다.

테이핑은 근본적인 치료가 아닌 보호를 위한 임시방편이므로 테이핑을 너무 믿고 활동하면 좋지 않다는 것을 명심해야 합니다.

4. 무릎 통증을 위한 테이핑

무릎에 통증이 있거나, 재활 단계에 있거나 아플까 걱정되는 상황이라면, 이 테이핑 방법으로 무릎의 안정성을 잡아줄 수 있습니다.

우선 근육의 방향을 먼저 테스트한 다음 그 방향에 맞춰서 테이핑합니다. 근육의 기시나 정지를 생각하지 않고 그 부위의 전체적인 방향만을 고려해서 붙이는 테이핑입니다.

오링테스트로 무릎 내측 중앙 부위의 방향을 설정한 다음 그 방향에 맞춰 붙여주게 되며 무릎의 통증이 심하거나 불안정성이 높을수록 길이를 길게 하여 무릎을 중심으로 대퇴와 하퇴를 같이 감싸주는 방법으로 해주면 좋습니다.

내측 복숭아뼈를 기준으로 손가락 네 마디 윗부분을 올려서 눌렀을 때 통증이 느껴진다면 하지 안쪽 라인으로 근 긴장이

과해 문제가 될 수 있는 상황이라는 것을 나타내주는 것입니다. 이때 복숭아뼈 정 중앙 라인을 중심으로 손가락 네 마디 윗부분을 눌러야 하며 누를 때의 강도는 세지 않게 눌러주셔야 합니다.

왼손 엄지손가락으로 그 부위에 손을 얹는 느낌으로 대주고 반대쪽 오른 손바닥 부분을 왼손 엄지손가락을 감싸듯이 올려놓고 체중으로 밀어서 확인을 해주셔야 합니다. 손가락으로 테스트를 하거나 압력을 주게 되면 손가락 관절이 다칠 수 있으니 항상 체중으로 눌러주세요.

외측 복숭아뼈를 기준으로 할 때는 좌측 복숭아뼈의 외측, 즉 발 뒤꿈치 쪽 라인으로 손가락 네 마디 윗부분을 위와 같은 방법으로 눌러주시면 됩니다. 이 부위에 통증이 있다면, 하지의 바깥쪽 근육의 긴장도가 과하다는 것을 뜻합니다. 허벅지 바깥 라인을 무릎과 골반의 2분의 1지점을 눌렀을 때 통증을 확인합니다. 근육이 많이 굳어 있을수록 통증을 유발하는 것입니다. 이 부위의 통증은 허리와 무릎 라인이 안 좋은 상황을 알 수 있습니다.

무릎 내측이 아래에서 위쪽 즉 무릎관절에서 골반 쪽으로 가는 방향으로 힘을 받기 때문에, 테이핑을 무릎 아래쪽으로 시작해서 슬개골 아래쪽이 감싸는 부분을 20~30%가량 당겨서 내측이 감싸지도록 붙여줍니다. 중요한 것은 슬개골이 감싸지지 않도록 테이핑 해주셔야 움직임이 가능합니다.

허벅지 외측은 테스트 결과 골반 부위에서 발 쪽으로 내려가는 방향으로 힘을 받는 부분이니 테이핑을 허벅지에서 시작해서 무릎 아래쪽으로 해주세요. 보통 양쪽 허벅지 안쪽의 방향이 위아래로 다르며 안쪽과 바깥쪽의 방향도 다릅니다. 가로 테이핑을 할 때는 허벅지를 바깥쪽에서 안쪽으로 당겨주면서 붙여주면 됩니다.

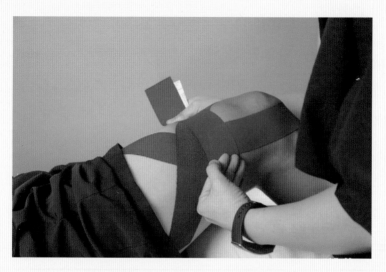

슬개골 무릎의 삼각형 모양의 뼈를 기준으로
손가락 네 마디 윗부분에 붙여준다.

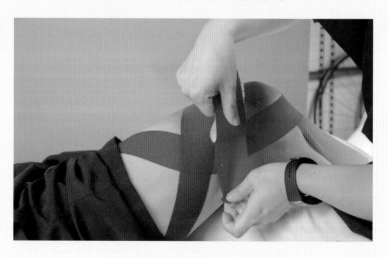

최종적으로 이렇게 마무리가 된다.

슬개골 아랫부분을 잡아주는 테이핑은 테이프를 10센티미터 정도 잘라서 반을 접은 상태로 다시 펴서 양쪽으로 잡아당겨서 찢어주시면 종이만 찢어지게 됩니다. 이때 드러나는 테이프를 잡아당겨서 슬개골 아래 붙여주고 종이를 떼면서, 한쪽씩 마무리하며 붙여줍니다.

무릎의 통증, 허벅지 안쪽 바깥쪽의 통증, 슬개골의 통증 등 여러 부위의 통증에 같은 방법으로 적용할 수 있습니다.

5. 발목 통증을 위한 테이핑

내측 외측으로 발목이 접질린 상태에서 통증이 유발되는 염좌에 관한 테이핑 방법입니다.

기존의 8자 테이핑을 먼저 시행하여 중족골(발가락뼈의 안쪽에 있는 다섯 개의 뼈)과 내외측 복숭아뼈 라인을 먼저 잡아주세요.

내측은 복숭아뼈를 중심으로 중앙 라인으로 올라가는 부위에 복숭아뼈 바로 위에 손가락 네 마디 윗부분을 발통점으로 보고 통증이 심할 경우 내측을 같이 테이핑하게 됩니다.
내측은 복숭아뼈 안쪽라인을 시작으로 중족골 라인을 감싸듯 돌려서 테이핑 해주고 다시 내측 복숭아뼈 윗부분을 감싸며 마무리해줍니다.

가로로 하는 테이핑은 텐션을 70~80%가량 강하게 당겨서 발통점이라고 부르는 라인을 세게 잡아주시면 됩니다.
외측 라인은 외측 복숭아뼈를 중심으로 발 뒤꿈치쪽 복숭아뼈 끝 라인의 바로 뒷부분을 타고 올라가는 부위가 통증을 조절할 수 있는 부위이며 이 부위를 중심으로 내측과 같은 방법으로 외측을 잡아주시면 됩니다.

테이핑은 큰 부작용이 따르지 않기 때문에, 위의 설명에 따라 직접 해 보고 통증에 변화가 없거나 움직임이 불편하다면 바로 제거하면 됩니다. 보통 동일한 형태의 통증이 주로 발

생하기에, 자신이나 함께 운동하는 파트너가 직접 테이핑을 할 수 있다면 편리하게 활용할 수 있게 될 것입니다.

70.3 타이완 대회

11월 3일. 새벽 3시, 알람 소리와 함께 일어났다. 리본처자도 자고 있는 호근이를 깨우지 않게 조심스럽게 일어났다. 아내가 몸을 풀어주었다. 새벽부터 아내에게 마사지를 받을 수 있는 남편이 몇이나 될까. 항상 생각하지만 고맙다는 말로는 부족한 것 같다. 아침은 숙소 안에서 도시락을 받아먹을 수 있어서 준비하는데 한결 편했다.

도시락은 새벽 3시 30분 안에는 와야 했지만 어찌 된 일인지 오지 않았다. 치료를 받으면서 계속 기다렸지만 3시 50분이 되도록 식사는 오지 않았다. 혹시나 해서 문을 열어보니 문고리에 봉투가 걸려 있었다. 이렇게 식사를 받을 줄은 몰랐다. 얼른 개봉해서 먹으려는데 크루아상 2개, 바나나 2개, 삶은 달걀 2개가 있었다. 바나나, 달걀은 시합날 아침에는 잘 안 먹는 음식이었다. 어쨌든 얼른 빵과 커피 2캔으로 배를 채우고 시합장으로 갈 채비를 했다. 호텔에서 셔틀버스로 이동해서 준비했다.

4시 50분쯤 도착해서 '애로 2(AERO 2)' 자전거에 먹거리들을 실었다. 미니 트윅스 바 5개, 스니커즈 1개, 물통도 장착했다. 화장실을 다시 다녀오고 마지막으로 기어를 세팅했다. EDGE 500 스타트. 그리고 이번부터 함께할 910XT 시계를 확인했다. 시합 때 시계를 찬다는 게 조금 불편할 것 같았지만 막상 해 보니 괜찮았다.

철인 3종 경기를 어렵게 볼 사람이 있을 것 같아 노파심에 하는 이야기지만 전문적 장비를 착용하는 것은 경쟁에서 이기기 위한 것만은 아니다. 이 장비들은 내가 얼마나 제대로 뛰고 있는지를 알려준다. 철인경기에서 정말로 이겨야 할 사람은 옆에 있는 선수가 아니라 바로 나 자신이기 때문이다.

이날 경기에서 나의 배번은 18번. 마지막 남자프로 선수였다. WTC 프로 첫 데뷔였다. 프로는 아마추어보다 조금 이른 아침 6시에 스타트했다. 수영 웜업도 잘하고 컨디션도 괜찮았다. 스타트는 입수 출발이어서 프로들 모두 물속으로 들어가 출발 준비를 했다. 프로 24명이 동시에 출발했다. 역시 프로들이라 빠르게 초반부터 치고 나갔다. 나는 최대한 뒤에 붙어서 가려고 스트로크와 전방주시에 집중하면서 갔다. 중간 부표만 있기에 앞을 잘 보면서 가야 했다. 약 250M 지점에서 그룹이 나뉘기 시작했다. 거의 뒤쪽 그룹이었고 한 명이 내 옆에 있었다. 이 선수만 잘 쫓아가자고 맘먹고 잘 따라 가보려 했다. 그런데 첫 부표를 돌면서 그 선수와 조금씩 멀어지기 시작했다. 안 되는데. 따라가야 하는데. 너울성 파도가 불규칙적으로 계속 찾아 들었다. 수영이 약한 내가 파도와 싸우는 사이 그 선수는 점점 멀어졌다. 그러면서 바닷물도 많이 마셔 버렸다.

부족했던 아침 식사를 대만 바닷물로 대신했다. 그래도 내 시야 안에 있어서 계속 그 선수만 보면서 갔다. 첫 바퀴 끝나고 올라오면서 시간을 보니까 15분 49초였다. 너무 늦었다는 생각이 들었다.

두 바퀴 들어가면서 앞 선수들을 봤다. 생각보다 그리 벌어지지 않아서 이대로만 마치자 생각했다. 그러나 그때부터 몸에 힘이 빠지고 전방주시 없이 수영을 하다 보니 벌써 엉뚱한 곳으로 가고 있었다. 아까 마신 바닷물이 몸을 힘들게 하고 있었다. 두 바퀴 시작한 지 얼마 안 됐는데 아마추어 선수들 수영이 시작되었다. 나는 앞으로 갈 힘을 잃었고 지금의 페이스를 유지하면서 갈 수밖에 없었다.

수영을 하면서 여태 훈련한 것과 준비한 것들이 머릿속을 스쳐 갔다. 이번 70.3 타이완은 첫 프로 데뷔, 올해 마지막 대회, 프로로 가기 위한 테스트였다. 간신히 수영을 마치고 시간을 봤다. 34분 15초. 격하게 부끄러웠다. 앞선 선수들과도 최소 4분 이상 차이가 났다. 늘 그래왔듯 '그래도 최선을 다하자'고 생각했다.

바닷물 때문인지 몸이 물을 계속 찾았다. 두 컵을 벌컥벌컥 마시고 바꿈터로 가서 바로 사이클로 갔다. 시작부터 언덕이었다. 머리가 어질어질하고 페달을 밟는데 파워가 안 나왔다. 머릿속이 저렸다. 다시 힘을 내서 드래프팅 존을 벗어나 따라갔다. 하지만 따라가는 것도 얼마 안 돼서 구토가 나왔다. 대만까지 가서 뜻하지 않게 비둘기들에게 자비를 베풀었다. 프로 기준으로 '거지 같은 기록'으로 가고 있었다고 나중에 말하자 리본처자의 답이 걸작이었다.

"그럼 이왕이면 꽃거지처럼 달려."

하지만 동냥으로 500원을 준다고 해도 당시에는 몸을 일으킬 힘이 없었다. 내 목표는 점점 손에 쥔 모래처럼 사라져갔다. 하지만 좋은 점도 있었다. 풍경을 즐기며 천천히 라이딩을 할 수 있었으니까. 물론 슬펐다. 마지막 대회 준비 잘 마쳤었는데. 내 실력 내에서 욕심도 내봤는데. 일본 장거리 선수들과 멋진 경기를 기대했었는데. 맘 한편은 포기도 생각해봤다. 그러나 '포기란 없다'가 내 아이언맨 레이스의 기본 철학이기에 끝까지 완주하고자 갔다. 달리기는 4분 40초 페이스로 뛰었고, 보급소에선 완전 휴식도 해봤다. 힘든 것보다 최선을 다하지 못한 것이 부끄러웠다. 뒤에서는 벌써 아마추어 선수들이 추월을 했다.

한명. 또 한명. 또 한명. 자존심이 상하지만 많은 생각을 하게 만들었다. 약 8km를 지나는 지점에서 1등 선수를 봤다. 1등이 지나가고 2등이 지나가고. 그리고 3등. 4, 5등 일본 선수들이 지나갔다.

'너희들과 겨뤄보고 싶었는데… 이번 대회는 내가 졌다.'

속으로 내년 대회는 꼭 설욕하겠다는 다짐을 하며 끝까지 완주했다. 골인 시간 4시간 53분 20초. 역대 가장 저조한 기록이었다. 리본처자는 호근이와 골인 지점으로 응원 나와 있었다. 리본처자는 너무 안 들어와서 사고가 난 줄 알았다고 무척 걱정했다고 했다. 역시 끝까지 달리길 잘했다고 생각했다.

리본처자가 들려주는 대회 후기

After 타이완

타이완은 한국에서 멀지 않아서 금방 도착하지만 철인 시합은 타이둥에서 열립니다. 때문에 공항에서 다시 차를 타고 들어가야 하고 시합장까지 가는데 시간이 오래 걸립니다.

타이완 날씨가 그렇듯 타이둥도 날씨가 꽤 덥고 습해요. 그렇다고 시원한 옷만 챙겨가면 낭패를 겪을 수 있습니다. 시합을 같이 다니다 보니 그 지역의 평년 기온과 이상 기온을 함께 체험하게 되죠. 그래서 더운 나라를 가든 추운 나라를 가든 되도록 사계절 옷을 한 벌씩은 준비해 가요.

타이완 시합의 피니시 라인 근처는 철화촌이라는 곳인데 타이둥이 특히 열기구 축제로 유명한 곳이라서 그런지 열기구 모형들이 있어서 아기자기하고 보기 좋아요.

아이들도 다 같이 가는데 차를 따로 렌트하지는 않기 때문에 주로 시합장 근처를 돕니다. 쇼핑몰도 있고 시합이 열리는 주말에는 야시장이 아주 크게 열려서 다양한 음식과 재미난 볼거리들이 많습니다. 냄새에 아직 놀래서 먹어볼 용기가 없었던 취두부 냄새가 나긴 하지만요.

타이완 철인 경기가 국제적인 경기인 만큼 이날은 도시 전체가 축제 분위기입니다. 시합 전에 용 모양을 본뜬 등을 크게 만들어 퍼레이드도 하고 대만 방송국에서도 많이 나와서 아나운서들이 흥을 돋우며 진행을 한답니다. 웨딩드레스와 턱시도를 입고 시합에 참여하는 부부도 있고 다양한 복장으로 열정적으로 응원하는 갤러리분들이 많아서 아주 흥겨운 시합이에요.

수영 스타트랑 피니시 장소가 달라서 남편은 새벽에 시합장으로 보냅니다. 저는 트랙커로 위치 확인하고 완주할 때쯤 가서 반갑게 맞아주고 들어옵니다. 피니시 라인에도 맛집들이 많아서 즐거운 시합장이에요. 시합이 끝나면 삼선대로 가서 아이들은 조약돌 해변에서 놀고 맛있는 대만 빙수, 빵 등을 먹죠.

보통 남편은 기록을 내야 해서 굉장히 초조해하고 예민합니다. 그러다 보니 저도 같이 예민했던 적이 있는데 이제는 그러지 않습니다. 안 다치고 완주만 잘하면 된다는 생각으로 구경 잘하고 잘 먹고 즐겁게 시합을 즐겨요. 저야 경쟁을 할 필요도 없고 기록을 낼 필요도 없으니까요. 어느 쪽이든 즐기는 사람이 승자란 말이 여기에도 적용되는 것 같네요.

2013년 동아마라톤 대회

모든 경기는 늘 아쉬움을 남기지만, 역시나 아무리 생각해도 가장 아쉬움이 남는 경기는 동아 마라톤이었다. 경기 당일, 추위에 약한 나는 아침에 발이 따뜻했으면 좋겠다는 생각에 자발적으로 웜업 로션을 발랐다. 잘 뛰려는 마음에 욕심을 냈다. 그것이 이렇게 크게 돌아올 줄은 그땐 몰랐다.

목표는 2시간 39분 목표였다. 5km 페이스는 18분 30초~50초 안쪽이었다. 초반 선두를 제외하고 2진 그룹을 따라가려고 했다. 문제는 속도가 너무 빨랐다. 첫 5km가 18분 17초 정도였다. 나는 약간 떨어져서 내 페이스대로만 갔다.

동아 마라톤만의 치명적 매력은 '도심을 달린다'는 것이다. 경기 현장이 도심이다 보니 수많은 인파가 응원을 한다. 응원에 흠뻑 빠져버리면 자기도 모르게 오버페이스를 할 수도 있다. 자제해야 한다.

10km쯤 달렸을까. 비슷한 속도의 그룹이 생겼다. 페이스를 보니 다들 목표가 2시간 39분인 것 같았다. 그래서 나도 합류했다. 함께 뛰니까 딱 좋았다. 심박은 165~168 정도로 나왔다. 그런데 약간 발바닥이 따끔따끔하면서 물집이 잡히는 것이 느껴졌다. 점점 발바닥이 뜨거워졌고 신발이 안 맞나 생각해봤다. 이런저런 생각을 해봤지만 아무런 문제가 없었는데… 순간 웜업 로션이 떠올랐다. 로션에 살이 밀리면서 마찰열이 나버린 것이었다. 15km 지점에서 큰 물집이 벌써 잡혀버렸다. 물집 잡힌 곳이 디디는 부분이다 보니 아파야지 제대로 뛸 수 있었다. 나쁜 웜업크림, 발바닥에 바르지 말라고 주의사항에 적어주지. 의미 없는 남 탓도 해봤다. 하지만 늦은 후회일 뿐. 무슨 소용이 있을까.

물집은 내가 제대로 뛰고 있다는 표시라고 생각했다. 포기할 수는 없었으니까. 그런데 30km 지점을 지나고 얼마 안 돼서 드디어 그 큰 물집이 터져 버렸다. 45분만 잘 뛰면 되는데. 이전보다 더 아팠다. 체력은 괜찮은데. 목표 기록도 딱 세울 수도 있을 것 같은데. 발바닥이 아프니까 뭘 할 수가 없었다. 그래도 그냥 뛰었다. 정말 아팠다. 게다가 배도 고파오고 힘들었다. 때마침 길도 좀 지루했다. 대뇌와 전두엽의 뉴런까지 통증이 쉴 없이 느껴지고 배까지 고프다니!

35km 지점인 잠실대교에서 음료를 마시고 다시 열심히 뛰었다. 남은 거리 4분 페이스로만 뛰면 개인 기록은 세우겠다 싶었다. 그러나 열심히 뛸수록 통증은 컸다. 그러다 보니 심박도 요동을 쳤다. 마침 코스 역시 오르막과 내리막을 반복했다. TV에서 연예인들이 벌칙으로 대형 지압판을 밟으며 고통스럽게 뛰는 모습을 본 적이 있는데, 그것의 몇 배쯤은 아팠던 것 같다. 이 지독한 고통이 빨리 끝났으면 좋겠다는 생각으로 계속해서 달려 마침내 골인했다. 내 개인 최고 기록보다 3초 못 뛰었다. 아쉽지만 다음 시합에는 39분을 충분히 뛸 수 있을 거라는 생각이 들었다. 웜업 로션을 발바닥에 바르는 실수를 되풀이하지 않는다면 말이다.

알면 알수록 재미있는 철인 이야기 8

◇◇◇

아이언맨은 무엇을 먹고 사는가?

1. 먹는 것도 운동의 일환

운동이 끝나면 정말 엄청나게 먹는다. 큰 시합에 참여하기 전에는 먹는 양은 줄이지 않고 운동량을 늘린다. 그래도 워낙 힘드니 살이 쫙쫙 빠진다. 그래서 대부분의 철인이 날렵한 몸에 비해 식사량이 엄청난 경우가 많다. 몸을 쓰는 만큼 보충을 해주지 않으면 몸이 축나기 때문이다. 그래서 내가 수강생들에게 늘 강조하는 것 중 하나가 식단 관리다.

나는 한때 반열성 연골 파열로 8주 동안 주사를 맞으면서 선수 생활에 위기를 맞았던 적이 있었다. 부실하게 먹으면서 달리기를 했고 그 과정에서 연골이 많이 상해서 벌어진 일이었다. 나는 운 좋게 대회 중에 심한 부상을 당하진 않았지만 먹는 것이 부실하면 작은 사고도 큰 부상으로 이어질 수 있다.

2. 바나나, 초코파이, 양갱

경기 중간에 보통은 바나나, 초코파이, 양갱 등을 먹는다.
힘든 시절에는 깐 포도와 미숫가루를 스페셜 푸드 삼아 달렸
던 적도 있었다.

3. 짜장면 시키신 분?

어떤 사람들은 철인 대회 중간에 짜장면을 먹는 경우도 있
다. 도착시각을 대충 잡아놓고 미리 연락해놓거나, 뛰다가
짜장면집에 전화해서 '내가 30분 후 도착 예정이니까 짜장면
좀 준비해주세요'라고 한다.

여주대회에서는 코스 중간에 캠핑장이 있다. 그러면 안 되지
만 삼겹살 보쌈을 주기도 하고, 소주를 한 잔 주기도 하는 등
다양한 모습들이 난무한다. 원래 이런 일들은 실격 사유지만
정이 많은 한국 사람들의 특성이라 이해하고 넘어가 주는 편
이다.

규정상 대회 본부에 맡겨놓은 음식은 중간에 들러서 먹을 수 있다. 그래서 일반적으로 선수들은 탄수화물로 이루어진 파워젤을 많이 먹는다. 음료는 이온 음료를 주로 마신다.

70.3 하와이 대회

하와이의 코나(빅아일랜드)는 이번이 벌써 6번째 방문이었다. 매년 오는 곳이지만 너무나 편안하고 가슴 설레는 곳이었다. 철인이라면 꼭 한번 발을 디뎌 보고 싶은 곳. 꿈의 무대라는 월드 챔피언십이 열리는 곳이다. 나는 2010년 2011년 운 좋게 두 번이나 다녀왔다. 처음 월드 챔피언십 티켓을 땄을 때의 기쁨은 아직도 잊지 못할 추억으로 남아있다.

가슴 벅찬 감동과 희열을 다시 느껴보기 위해, 다시 월드 챔피언십 참가권을 따기 위해 갔다.

전 세계의 어마어마한 경쟁자들이 티켓을 따서 이곳 하와이까지 날아온다. 당연한 이야기겠지만, 전 세계에는 뛰어난 선수들이 많고, 아마추어지만 프로를 이기는 선수들도 종종 있다. 그러니까 아마추어라고 얕보면 안 된다.

수요일, 하와이에 도착했다. 코스트코에서 일주일 치 식량을 사고 숙소로 갔다. 숙소는 월드 챔피언십이 열리는 알리 드라이브 쪽에 있었다. 숙소에서 알리 드라이브의 상점과 먹거리 전통시장 등등 많은 곳을 걸어서 구경할 수 있는 곳으로 잡았다. 하와이 코나는 '빅아일랜드'라는 말과는 다르게 아주 작은 동네다. 처음 이곳을 찾은 사람이라도 쉽게 돌아다닐 수 있다.

마무리 훈련으로 목요일에 가볍게 라이딩을 2시간 했고, 달리기 30분으로 컨디션을 찾았다. 그러나 더운 날씨와 강렬한 햇빛이 사람을 잡았다. 나는 추운 날씨보다는 더운 날씨를 좋아하지만 더운 정도가 심해 유독 힘들었다.

점심을 먹고 수영장에 갔다. 야외 수영장은 누구나 와서 사용할 수 있다. 무료다. 수영 훈련을 약 40분간 했다. 컨디션은 괜찮았다. 이렇게 목요일을 보내고 금요일 새벽부터 한 시간 라이딩, 달리기 5km, 오픈 수영으로 준비를 끝냈다. 오후에는 등록과 자전거 거치로 금세 시간이 지나갔다.

일찍 잠자리에 들려고 오후 9시 40분쯤 누웠다. 그런데 무슨 일인지 잠이 안 왔다. 10시 30분. 핸드폰으로 인터넷도 해보고 오락도 조금 해봤는데 잠이 안 왔다. 시계는 11시 30분. 결국 12시를 지나 새벽 1시가 좀 넘어서야 잠이 들었다. 그리고 새벽 3시 40분에 일어나 리본처자의 도움을 받으면서 혼자만의 주문을 외웠다.

'괜찮아. 할 수 있어. 올겨울부터 열심히 했잖아… 화이팅!'

그렇게 생각하며 아침을 먹었다. 카르보나라, 빵, 커피로 배를 든든하게 채웠다.

시합 장소인 하푸나 비치(Hapuna Beach)로 이동했다. 여전히 바람이 심했다. 작년에 3등을 했기에 올해는 꼭 1등을 해서 다시 월드 챔피언십에 참가하고 싶었다. 수영은 훈련한 기록만큼만 나오길 바랐다. 그래서 정말 딱 그 정도 나왔다. 그래도 사이클이 있으니까 열심히 탔다. 그런데 속이 좀 이상했다. 수영할 때 바닷물을 좀 많이 먹은 게 원인이였다. 수영 후에 물을 좀 마셨어야 했는데. 이온 음료를 먹으니 속이 뒤집히기 시작했다. 오르막이 나오기 전에 얼른 다 토해버리자! 입에 손가락을 넣어 다 토해 버렸다. 속이 편안해졌다.

반환점인 하위(HAWI)를 향해 올라가는데 선두인 크랙 알렉산더 선수가 지나가는 것이 보였다. 2등과의 간격은 컸다. 얼마 있다 에이지* 선두가 지나가는 것도 보였다. 거리를 많이 좁히지 못하고 바꿈터에 들어갔다. 사이클 기록도 내 기준에서는 맘에 들지 않게 나왔다.

달리기 시작과 동시에 여러 사람을 많이 잡았다. 날씨가 더워 다른 사람들이 퍼지기 시작했다. 그러나 여전히 내 앞에 4~5명이 있었다. 골인한 후 결과는 6등. 전체 22등. 입상도 못 했다. 시합이 끝난 후에 뭐가 문제였는지 혼자 한참을 생각하고 또 생각했다. 여러가지 원인이 조금씩 모여서 이렇게 된 것 같았다. 하지만 어쩌겠는가. 후회보다는 만회할 노력을 하는 것이 더 좋을 것이라 생각했다.

여담이지만 하와이에서 그 유명하다던 코나 커피도 마셨다. 커피 맛을 잘 모른다는 리본처자는 맛이 없다며 설탕을 마구 부었다. 나 참- 하고 생각했다. 하지만 뭐 어떤가. 운동도

---

* 철인 3종 시합은 같은 연령대로 나누어 입상을 하기 때문에 등수도 같은 연령대 사람이 경쟁상대가 된다. 이를 에이지(Age)라고 부른다.

먹는 것도 자기만의 방식과 페이스가 있으니까.

시합 다음 날 잠시 주변을 돌아봤는데 어제 시합에 분이 안

풀렸는지 사이클에 달리기까지 하는 분들도 있었다. 대단

하다는 생각이 절로 들었다. 나는 곧바로 다음 주에 열리는

70.3 JAPAN에 다시 도전하기로 했다.

70.3 일본 대회

일본은 미야코지마에서 뛰어봐서 나름의 자신감이 있었다.

꼭 월드 챔피언십 참가권을 따고 싶었다. 그런데 과거 기록을 분석한 결과 작년에 하프런은 13분을 뛴 선수가 있었다. 마라톤 선수인가 했더니 소방수였다. 그 선수가 작년에 크리스 맥코맥 선수보다 1분을 더 빨리 뛰었다는 이야기도 들을 수 있었다. 내가 그 선수를 이길 방법은 수영은 기록이 동률로 나오고 사이클에서 최대한 거리를 벌려야 했다.

숙소는 일본에 사는 최훈 형 댁에서 머물렀다. 대회장에서약 40분 거리에 있었다. 이미 하와이를 찍고 왔기에 연달아일본 대회까지 참가하는 것이 리본처자에게도 미안하고 재정적으로도 부담이었다. 아내는 물론 나에게 "선수로서 시합을 참가해야 하는 건 당연한 것"이라며 "다른 거 다 아껴서시합 다니자"고 한다. 하지만 사람에겐 눈치가 있고 양심이 있다. 마냥 내 뱃속만 채울 수는 없다. 이런 속사정을 알고 형이 우리 부부의 숙식을 도와주신 것이다.

잠들기 전에 수면제 한 알을 먹고 잠들었다. 오전 4시에는 눈만 감고 리본처자에게 몸을 부탁했다. 아내가 말하길 "이렇게 전담으로 물리치료사 데리고 다니려면 박태환 선수나 김연아 선수는 되어야 한다"고 해서 웃었다.

4시 40분쯤 공항으로 출발했다. 공항 주차 후 셔틀버스로 이동해야 하기 때문이다. 셔틀버스 안에서 웬 남자가 나에게 "미야코 욘방"이라고 말했다. 미야코지마에서 4등을 했던 선수라고 아는 척을 해준 것이었다.

아침은 이동하는 차 안에서 빵과 커피로 든든히 먹었다. 시합장에는 6시 40분에 도착했다. 시간상으로 여유가 있었다. 다시 만난 철인 선배님들도 분주하게 시합 준비를 했다. 사이클 준비와 런 백 등 모든 준비를 하고 약간의 휴식을 취한 후 한 시간 전부터 천천히 조깅을 시작했다. 수영 코스를 알아보기 위해 다리 위도 올라가 보며 사전 준비를 마쳤다.

코나에 가고 싶은 욕망으로 목말라 있었기에 최대한 열심히 했다. 수영은 8시 31분에 출발했다. 일본 전투 수영은 무섭다. 나는 몸싸움을 안 좋아하기 때문에 피하면서 갔다. 수영을 마치고 기록을 보니 나쁘진 않았다. 그러나 대회 후 다른 선수들의 기록을 보니 내가 못했구나 하는 생각이 들었다. 사이클 코스는 완전 평지여서 자신 있었다. 오로지 파워만 보고 탔다. 먼저 간 선수들을 잡으려고 파워를 올려 조금씩 조금씩 잡아봤다. 평지는 절대 파워로 속도가 나온다. 덩치 큰 선수들에 비해 나는 체구가 작은 편이라 최대한 많은 파워를 내면서 에어로 자세를 잡아야 했다.

얼마 안 가 그 소방수 출신의 선수를 잡았다. 컨디션은 괜찮았다. 사이클 코스는 매우 좁아서 추월하는데 고생했다. 그래도 추월하면서 '패스'라고 말하면 모두 잘 비켜줬다. 고마웠다. 사이클은 4LAPS 이였다. 2바퀴 돌아올 때 우리 에이지 몇 명이 같이 타고 있는 그룹을 잡았다. 이 사람들은 드래프팅을 대놓고 하고 있었는데, 보기 좋지 않아 보였다.

나는 그 선수들을 추월하고 앞질러 갔다. 3바퀴 랩째 간격은 약간 벌어진 상태로 계속 이어 갔다.

그런데 중간에 내 앞에서 충돌 사고가 나는 바람에 스톱을 하게 됐다. 빨리 가도 모자라는데 말이다. 그 사이에 뒤쪽 선수들도 벌써 내 뒤를 쫓아오기 시작했다. 얼른 파워를 올려 다시 독주 체제로 갔다.

첫 40km에서 1시간이 정확히 나왔다. 그러나 4바퀴째 되자 내가 추월한 선수들이 뒤에 바짝 붙어 떨어지지 않았고, 갑자기 나를 추월하면서 페이스가 엉켜 버렸다. 마지막 바퀴째는 바퀴에 바람이 새서 속도도 안 나고 답답했다.

마지막으로 들어갈 때는 추월도 못 한 상태로 그룹의 뒤에서 달리게 됐다. 그 그룹에 우리 에이지 선수 4명이 있었다. 나는 이 선수들이 선두인 줄 알았다. 사이클을 마치고 달리기에서 승부를 걸자는 생각을 했다. 일본 선수 3명 외국인 1명이었다. 바꿈터에 들어와서 가장 먼저 뛰어나갔다. 바꿈터에서 기다리고 있던 리본처자가 선두와 5분이라고 알려줬다.

앞에 선수가 더 있었단 말인가? 급한 마음에 초반에 속도를 좀 더 내 봤다. 내 뒤로 일본 선수 한 명, 외국 선수 한 명이 뒤따라오고 있었다. 달리기 코스는 엄청나게 지루했다. 중간에 계단도 올라가고 턱도 넘어야 했지만 대부분 평지였다.

보급소는 9개가 설치되어 있었다. 보통 보급소처럼 물, 콜라, 에너지 음료, 바나나, 젤을 생각했는데 그런 것은 보이지 않고 이상한 젤과 양갱 비슷한 초콜릿으로 덮인 것이 있었다. 아직 힘은 있었기에 물과 에너지 음료로만 버티고 뛰어갔다.

남은 거리 13km. 뒤에 쫓아오는 선수들과 조금씩 거리가 좁혀지는 것이 느껴졌다. 결국 남은 거리 10km 지점에서 따라잡혔다.

보급소에서 콜라를 마시고 다시 뛰기 시작했다. 남은 거리는 점점 다가오고 앞 선수들과의 간격은 점점 벌어지고. 머릿속에 많은 생각들이 지나갔다. 열심히 했는데 올해도 코나는 다시 못 가는구나. 많은 아쉬움 속에 골인. 시간은 4시간 15분. 미야코지마 때 뛴 선수들의 기록들은 3시간~4시간 안쪽이였다. 속상했다. 하지만 나는 이 경기에서 어마어마한 선수들을 마주했고 다시 한번 마음을 다잡았다.

랑카위 대회

작년 랑카위에서 펑크로 인해 완주하지 못한 후 올해 다시 도전하게 되었다. 와봤던 곳이라 쿠알라룸푸르에서 랑카위로 환승하는 것은 어렵지 않았다.

이번 숙소는 작년과 달리 조금 비싼 곳이었다. 작년에는 보다 저렴한 곳에서 묵었는데, 새벽 2~3시경 총성 소리를 들었던 기억이 있어서였다. 랑카위가 총기가 허용되는지는 잘 모르겠지만 아이들과 아내까지 너무 놀랐던 경험이 있었다. 그래서 이번에는 숙소만큼은 돈을 더 주더라도 안전한 곳으로 가자고 마음먹고 좋은 호텔로 갔다.

작년 독일도 숙소가 저렴한 대신 일이 너무 많아서 앞으로는 너무 저렴한 숙소는 피하자고 했다.

다음날 코스 답사를 나갔는데 폭우가 쏟아져서 사이클이 다 망가져 버렸다. 랑카위 전체를 통틀어 하나밖에 없는 자전거 샵인 자이언트를 찾아갔다. 이렇게 망가졌으니 수리비가 만만치 않겠구나 하고 내심 걱정했는데 한 푼도 안 받겠다는 젊은 사장님께 정말 감사했다.

겨우 자전거가 진정되나 했는데 동료 철인이 비행기를 못 탔다는 이야기, 오자마자 여권이 없어진 사람, 자전거 휠이 잘못 돼서 다시 엑스포로 가서 수리를 맡겨야 했던 사람, 검차할 때 배번을 안 갖고 오는 경우 등 이런 일들이 주변에 연이어 생기면서 시합을 앞두고 예민해지는 나는 더 마음을 다잡을 수 없었다.

리본처자는 그럴 때마다 '오짜'라고 놀리곤 한다. '오영환 짜증'의 줄임말이라고 한다. 시합 전에 나도 모르게 자꾸 예민하게 구는 걸 리본처자는 아이들을 달랠 때 '오구오구'하듯 '오짜오짜'하면서 받아준다. 그 덕분에 나는 다시 웃고 만다. 나이가 들수록 시합을 즐길 수 있어야 하는데 오히려 점점 긴장을 많이 한다는 걸 느낀다. 기록은 내고 싶고 나는 여기까지가 한계인 것만 같은 것이다. 과연 내가 잘하고 있는 것인지. 지금 가는 이 길이 맞는 건지 나 또한 두렵기도 하고 걱정도 된다. 여기서 프로를 멈추고 동호인으로 하와이 슬롯을 따서 월드 챔피언십에 다시 가고 싶은 마음도 있었다. 그렇지만 족저근막으로 발이 아픈 상황에서도 완주한 동료 철인, 처음 해외 시합임에도 멋진 달리기 기록을 보여준 철인 등을 보면서 다시 마음을 잡았다.

달리기 마지막에는 폭우가 내렸는데 아내와 아이들까지 그 장대비에 온통 난리였다고 했다. 가뜩이나 힘이 없는데 때려 맞듯이 비를 맞으니까 막판에 너무 괴로웠다.

아이들이 나와 있을까 걱정도 됐다. 뛰는 걸 포기하고 애들을 찾아서 들어가 있으라고 해야 할까 하는 생각도 했다. 그런데 문득 아내가 했던 말이 떠올랐다. 당신과 내가 사는 세상은 남들은 쉽게 하는 작은 것조차도 힘든 세상에 살고 있다고. 그러기에 더욱 포기할 수 없었다. 2017년에는 기록 내보고자 마음먹었던 시합들에서 예상치 못한 일이 많았다. 웬 미친놈이 경기 중에 난입해 내 슈트를 잡아당겨 벗기질 않나. 교통사고로 입원하기도 했다. 속상한 일이 많았다.

랑카위 경기는 내가 잘 뛰고 있는 줄 알았으나 그것이 착각이었다는 걸 깨달은 시합이었다. 나이는 점점 먹어가고 기록을 낼 수 있는 시간이 얼마 남지 않았다는 생각에 조바심을 낸 것이다. 우리는 흔히 나이를 먹으면 자연스레 지혜로워질 것이라는 생각을 하곤 한다. 사실은 그렇지 않다는 걸 깨달았다. 내가 가야 할 길은 한참 멀리 있다는 생각을 했다.

부산 IRONMAN 70.3 대회

금요일 늦은 밤 서울에서 출발하게 되었다. 철인 선수지만 동시에 직장 생활을 하는 사람인지라 어쩔 수 없었다. 운전 잘하는 동료 선수 덕분에 새벽 1시쯤 부산에 도착했다.

다음 날 아침 일찍 오픈 수영 연습을 할 수 있다는 안내를 듣고 다시 졸린 눈을 비비며 나와 바다에 몸을 담갔다. 아내와 아이들은 모래사장에서 신나게 서로 머리에 모래를 붓고 뛰어놀고 있었다. 바캉스 온 것 같았다. 하지만 중압감이 느껴지는 건 어쩔 수 없었다. 응원해주는 분이 많아지고, 경기를 지켜봐 주는 분들도 많아졌기 때문이다. 주목받는 인생을 살아본 적이 없던 나로서는 어떻게든 잘해야 한다는 부담감이 늘 있었다. 그러다보니 점점 즐기는 것과는 거리가 멀어지게 되었다. 그래서 올해 들어 마음을 다잡기로 했다. 후회 없이 최선을 다해보자, 주변의 기대를 중압감으로 느끼기보다는 아이언맨 프로로서 도전 의식을 갖자고.

좋은 기록만큼이나 나를 응원 해주는 사람들을 위해 바른 생활을 하고 받은 만큼 베푼다는 마음을 갖고 운동을 하는 것도 내가 할 수 있는 부분이라고 생각하기로 했다. 그랬더니 기록에 대한 부담감이 줄어들어서 한결 마음이 편해졌다.

하지만 문제는 시합 당일 날씨였다. 비가 오고 파도가 높았다. 해무에 바람까지. 심해 수영에 부족함을 느끼는 나로서는 마음이 자꾸 불안해졌다. 발만 동동 구르다가 스타트를 했다. 예상치 못한 날씨에 긴장한 탓인지 쇼크 상태가 오고 헤엄치는 와중에 계속 부표에서 멀어졌다. 도저히 제정신을 차릴 수 없어서 다시 심호흡부터 했다. 우선 가보자 숨부터 가라앉혀보자고 나를 다독였다. 문득 생각난 것인데, 철인 3종을 하게 되면 나 자신과 대화할 일이 많아지게 된다.

수영 스타트와 함께 얼마 안 되어 심박이 높아져서 한동안 헤드업 수영으로 힘들게 이어갔다. 어찌나 힘든지 수영을 하는 건지 생존 수영을 하는 건지 나도 모르게 살기 위해 헤엄을 친 것 같다. 첫 부표까지 상당한 시간이 흘렀고 그 후부터는 다행히 심박이 제자리를 찾아서 수영을 마칠 수 있었다.

자전거를 탄 직후도 어려웠다. 오르막길도 너무나 힘겨웠다. 내리막길에서라도 좀 가보자 했지만 안개가 너무 심해 안전하게만 가자고 되뇌었다. 비가 그쳤음에도 물기는 그대로 있어서 코너에서 몇 번이나 순간 미끄러져서 아차 싶었다.

코너가 복잡해서 시합 출발 전까지도 시험 전날 기출 문제집을 들여다보는 학생처럼 코스 그림만 쳐다본 것이 그래도 시합 때 도움이 되었다. 달리기에서는 폭염이 이어져 정말 지글지글 타들어 가는 것 같았다. 숨이 턱까지 차올랐다. 열심히 뛴다고 뛰었지만 기록은 만족할 만한 수준은 아니었다.

이번 대회는 개인적으로 가장 힘든 코스였던 것 같다. 그러나 기상변화 또한 시합의 일부분이다. 변수들은 언제나 있을 수 있다.

기록은 프로 부문 4등, 전체 5등이었다. 남자 프로 5위가 목표였고 5등까지 입상을 할 수 있었기에 행복했다. 동호인으로 즐기면서 시작한 내가 당당히 프로 선수들과 겨뤄 입상을 했다. 꿈인지 생시인지 잘 모르겠지만 정말 열심히 뛰었다. 같이 훈련하는 동료 선수들은 코스를 한참 벗어나는 바람에 맥이 탁 풀려서 그만 뛸까도 생각했지만 팀원들의 얼굴이 생각나서 마음을 다잡고 뛰었다고 했다.

내가 유일하게 징징거릴 수 있는 내 아내. 몸집도 작은 그녀에게 나는 든든한 기둥은 돼 주지 못할망정 자꾸 의지하고 보채게 된다. 밖에서는 철인일지언정 집에서는 철없는 아들 같다.

아내는 언젠가 이런 이야기를 하기도 했다. '아이언맨'이라는 다른 여자. 그녀를 바라보는 오영환. 그런 남편을 바라보며 살아가는 여자. 그렇게 셋이 같이 살아가는 기분이라고. 나쁜 남자 오영환. 딱 잘라서 아니라고 말하지 못했다.

아내는 경기 마치고 돌아오는 차 안에서 피곤한 몸에도 애들 본다고 정신이 없었다.

늘 생각한다. 당신이 있어서 내가 오늘도 열심히 훈련하고 시합에 나갈 수 있다는 것에 대해서. 늘 미안하다. 내 욕심에 당신까지 데려와 고생시키고 있다는 것에 대해서. 늘 고맙다. 그래도 힘든 길 같이 가줘서 정말 고맙다. 힘들다는 내색 한번 없이 시합장에 같이 다녀줘서 감사하다고. 늘 사랑한다. 아이언맨을 너무 사랑하지만 늘 이해해주는 당신을 더 사랑한다.

늘 나를 지지해주고 지원해준 아내와 함께.
철인 3종 경기의 모든 과정은 아내와 함께 시작되고 끝난다.

에필로그
WE ARE IRONMAN!

하얀 머리가 희끗희끗 보인다며 아내가 머리카락을 잘라준다. 점점 기록이 예전 같지 않더라도 경기에 참여하고 싶은 마음은 처음과 똑같다. 기록도 중요하지만 철인으로 행복한 인생을 살고 있다고 느끼기 때문이다. 가족이 있고 직장이 있고 좋은 철인 친구들이 있어 인생이 꽉 차 있는 느낌이다. 더위와 추위는 나에게 '이불 밖은 위험하다'고 경고하지만 부족한 나는 다시 새벽의 어둠 사이로 나선다.

결혼 생활과 철인 3종 경기는 많은 점이 닮아있다. 미혼의 입장에서 보면 결혼한 사람들의 삶이 상대적으로 매우 복잡하고 어렵게 느껴질 수 있다. 철인 3종 경기를 체험해보지 못한 사람들도 마찬가지다. 대부분의 사람들이 철인 3종은 무조건 힘들 것이라는 생각으로 지레 겁을 먹는다. 하지만 모든 일은 상대적이고 자세히 들여다보면 생각보다 많은 선택지가 있다. 예를 들면 철인 3종에서는 스프린트 코스가 있다. 일반 올림픽 코스의 절반을 달리는 것이다. 〈나 혼자 산다〉의 성훈 씨가 참가한 시합도 이 코스다. 그리고 릴레이 시합이 있다. 세 명이 한 팀이 돼서 각자의 구간에서 완주를 하는 것이다. 달리기나 수영을 못해도 괜찮다. 대신 각자 잘하는 영역에서 노력하면 된다.

철인 3종은 세 가지 종목을 함께하는 만큼 수영을 마쳤다고, 사이클이 끝났다고 해서 그 등수가 그대로 결정되지 않는다. 끝까지 완주해야지만 결과가 나온다. 알아주는 사람이 별로 없더라도 뛰는 우리가 서로를 알아보고, 전혀 상관이 없는 사람이라 할지라도 갤러리들은 응원을 하면서 그날의 레이스를 기억하게 될 것이다.

만약 당신이 인생의 2막을 열고 한 번도 도전하지 못한 것에 뛰어들고자 한다면 철인 3종이 있다고 말해주고 싶다. 완주하지 못할 것이라는 생각에 미리 겁먹을 필요는 없다. 결혼에 실패하면 이혼을 해야 하지만 철인 3종은 얼마든지 다음 경기에서 최선을 다할 기회가 주어진다. 하다가 그만둬도 손해날 것이 없는데 도전하지 못할 이유가 없지 않은가. 값비싼 장비도 필요하지 않다. 나이도 중요하지 않다.

나는 믿는다. 지금 이 글을 읽고 있는 당신에게도 충분히 그런 힘이 있다고 말이다. 기꺼이 당신의 도전을 돕고 싶다. 나는 언제든 준비되어 있다. 나는 하와이 대회에 참가한 노인들의 모습을 기억한다. 그들은 구부정한 허리로 계속 뛰고 있었다. 잠시 지쳐 주저앉기도 했지만 결국 17시간 안에 피니시 라인에 들어왔다.

백발이 성성하고 등까지 굽은 노인의 레이스에 펜스 뒤편에 있던 갤러리들이 모두 펜스로 나와 존경의 손뼉을 치는 모습을 보고 눈물이 났다. 물론 나 역시 나이가 들면서 체력도 예전 같지 않을 것이다. 하지만 항상 시합장에서 나보다 연배가 많은 선배님이 힘든 와중에도 손을 흔들며 레이스를 멋지게 완주한다. 나도 앞으로 기록이 안 좋아지더라도 시합장을 떠나고 싶지 않다. 각자에게 다른 색깔의 장면으로 기억되겠지만 같은 시공간을 나누는 이 축제에서 시합을 완주했을 때 느꼈던 쾌감은 어떤 것과도 견줄 수 없기 때문이다.

내 인생을 송두리째 바꿔놓았고 아이언맨을 위해 아이언맨에 의해 보다 정직하게 흘리는 땀의 소중함을 계속 느끼며 살아가고 싶다.

"오영환과 함께하는 '오클래스'에 함께하실 분들을
모시고자 합니다. 초보자분들도 두 팔 벌려
환영합니다. 언제든지 연락 주십시오."

철인수업

1판 1쇄 발행   2019년 11월 1일

지은이 오영환
발행인 강준기
발행처 메이드마인드
책임편집 문홍주

주소 서울시 마포구 용강동 인우빌딩 5층
전화 070-7672-7411
팩스 0505-333-3535
이메일 mademindbooks@naver.com
출판등록 2016년 4월 21일 제2016-000117호
ISBN 979-11-964773-0-1 (03810)